ベリーズ文庫

両片想い政略結婚

～執着愛を秘めた御曹司は初恋令嬢を手放さない～

きたみ まゆ

STARTS
スターツ出版株式会社

目次

両片想い政略結婚～執着愛を秘めた御曹司は初恋令嬢を手放さない～

両片想い政略結婚
～執着愛を秘めた御曹司は初恋令嬢を手放さない～

プロローグ

夫である翔真《しょうま》さんに手を引かれ寝室へと移動した。

私はこれから彼に抱かれる。愛し合う夫婦だからではなく、子どもを作るためだ。

彼は私をベッドに組み敷くと、部屋の照明を暗くした。お互いの輪郭《りんかく》がぼんやりとわかる程度の薄暗い寝室で私たちは抱き合う。

その日の翔真さんは意地悪で、私はベッドの中でとことん焦らされた。

絶頂まで高められ頭が真っ白になる。翔真さんとひとつになりたくて体の奥が切なくうずいた。

これ以上気持ちよくなったら、頭がおかしくなってしまう。そう思いながらシーツを掴み、与えられる快感に甘い声をもらす。

「――彩菜《あやな》」

どこに触れられても気持ちがよくて、耳元で名前を呼ばれるだけで背筋が大きく跳ねた。

そんな私を見て、翔真さんが「本当にけなげでかわいいね」と低い声でささやく。

「名前を呼ばれるだけでこんなに感じるのは、俺の声があいつに似てるから？」

快楽のせいで頭が朦朧《もうろう》としていて、その問いかけの意味は理解できなかった。

「翔真さん……？」

戸惑いながら名前を呼ぶと、翔真さんが小さく笑う気配がした。

「わかっているのにそれでも君を離したくないなんて、俺はどこまで卑怯《ひきょう》なんだろうね」

そう言って、翔真さんがようやく私の中に入って来てくれた。さんざん焦らされ敏感になった体は、待ちわびた熱い感触に一気に上りつめ意識を手放した。

素敵すぎる旦那様

『吉永《よしなが》自動車《じどうしゃ》』の本社ビルには、豪華なショールームが併設されている。

アトリウムのように天井が高く開放的な造りで、自然光が差し込む広々としたスペースには何台もの車が並んでいた。

外は夏の日差しに照らされ今日も暑いけれど、ショールームの中は適温に保たれていて快適な空間でゆっくりと車を見ることができる。

そこにはカフェが併設されており、社員たちがミーティングをしたり、取引先との商談に使ったりすることもできるスペースになっている。

私はそんな場所で、雑誌の取材を受けていた。

「藤沢《ふじさわ》さん。車の横に立ってこっちを見てもらっていいですか？」

その指示にうなずき、緊張しながらカメラのレンズを見る。

場所やアングルを変えながら何パターンかの写真を撮ったあと、「はい、オッケーです」という声がしてこちらに向いていたカメラが下ろされた。

「ありがとうございます。とても緊張しました」

私はそう言いながら、ほっと胸をなで下ろす。

「またまた。藤沢さんすごくカメラ慣れしていたし素敵でしたよ」

そんなお世辞に「とんでもないです」と首を横に振る。

カメラ慣れしているように見えたとしたら、カメラマンさんたちのおかげだ。素人の私を褒めてリラックスさせて、楽しい雰囲気で撮影をしてくれた。

撮った写真を確認させてもらうと、画面の中の私は柔らかく微笑んでいた。あんなに緊張していたのに、自然な表情を浮かべた一瞬を切り取ってくれたんだろう。

どちらかというと頼りなく見られがちな私だけど、写真に写った私は知的で上品な印象だった。

胸の下まである栗色の髪と柔らかい質感の細身のワンピースがとても綺麗に見えて、プロの技はすごいなと感心する。

私、藤沢彩菜は吉永自動車の広報部で働く二十七歳。普段からテレビや雑誌などのメディア対応をしているけれど、こうやって自分のことを取材されるのは初めてだった。

今回出版社から、ファッション誌の働く女性の私服を紹介するコーナーで吉永自動車の女性社員を紹介したいという依頼が来て、広報部で働く私に白羽の矢が立ったのだ。

目立つのは苦手なので辞退しようと思ったけれど、部長から『若い女性へのＰＲになるから頼む』とお願いされ、断りきれずにうなずいた。

写真の撮影を終えた私たちはショールームの奥にあるカフェスペースに移動し、女性編集者の園田《そのだ》さんの質問に答える。

「今日の藤沢さんの服装は、シンプルなワンピースに上品なアクセサリーがとてもおしゃれですよね。私服のこだわりについておうかがいしてもいいですか？」

「実はあまり服にこだわりがなくて、人からいただいたものを身に着けることが多いんです」

「じゃあ、そのピアスやネックレスも？」

彼女の言葉に「はい」とうなずく。

「どちらも義母が若いころに使っていた宝石を、私のために作り直してくれたんです」

今日私が着けているのは、小さなサファイアがついたピアスとネックレス。どちらも深い青色の石の美しさを最大限に生かすために、シンプルで上品なデザインに仕立ててある。

『サファイアは彩菜ちゃんの誕生石だから』とお義母様がプレゼントしてくれたけど、受け取ったあとでこの石が希少価値の高いカシミール産のブルーサファイアだと知り震え上がったっけ。

「お義母様からのプレゼントなんですか。素敵ですね！」

「ありがとうございます。でも自分で選んだわけではないので、取材のしがいがないですよね」

「いえ。二世代にわたって愛用しているサファイアなんて、読者がよろこぶ素敵なお話です」

目を輝かせる園田さんの隣で、男性カメラマンの佐野《さの》さんがちょっと残念そうな顔をした。

「そっか。藤沢さんはご結婚されているんですね」

「はい。職場では旧姓のまま働いているんですが、半年ほど前に」

「独身だったら連絡先を聞こうと思ったのになぁ」

左手に結婚指輪をしているから、私が既婚者なのは最初からわかっていたはずなのに。彼のリップサービスに「お上手ですね」とくすくす笑う。

佐野さんはカメラマンをしているだけあって女性の扱いに慣れているんだろう。撮影中もこうやって、冗談を交えながら私の緊張をほぐしてくれた。

通勤に持ち歩いているバッグの中身や最近気に入っているコスメなど、ファッション誌らしい質問をされインタビューを終える。

「よかったら、ショールームを見ていかれませんか？」

私の提案に、「はい。ぜひ」と園田さんがうなずいてくれた。ふたりを案内しながらショールームを歩く。

「このコンパクトカーかわいいですよね。内装もおしゃれだし」

「ありがとうございます。小回りが利いて運転しやすいので女性に好評なんですよ」

「俺はごつめのSUVがいいな」

「でしたら来月発売予定の電気自動車がおすすめです。車体が大きい分大容量のバッテリーを搭載していて、環境への配慮はもちろん航続距離とパワーも両立しているんです」

私の説明を聞いた佐野さんが「あぁ」と思い出したようにうなずく。

「ニュースになってましたね。海外で先行販売されていた電気自動車のSUVが日本でも発売されるって」

「私も見ました。メディア向け発表会に登壇した副社長がイケメンすぎるって、SN

Sで拡散されてましたよね！」

園田さんの言葉に、心臓が跳ねた。

「車じゃなくて副社長を見てるのかよ」

あきれ顔の佐野さんに、園田さんが「だって、本当にイケメンなんですよ！」と反論する。

「しかも吉永自動車には御曹司がふたりいるんですよ！　今回話題になった副社長もですけど、今はアメリカにいる専務の弟さんもかなりかっこよくて、東京モーターショーでふたりが揃《そろ》った姿が〝吉永自動車のプリンス〟って話題になったのを知らないんですか？」

「プリンスって、ミーハーすぎないか」

鼻息荒く力説する園田さんと、顔をしかめる佐野さん。

そんなふたりの様子を眺めていると「藤沢さん、副社長も専務も本当にかっこいいですよね？」と同意を求められた。

私は一瞬言葉に詰まり、曖昧《あいまい》な笑みを浮かべながらうなずく。

「そうですね……。副社長や専務のおかげで話題になっていろいろなメディアから取材の依頼をいただいているので、広報としてはありがたいです」

「ちなみに藤沢さんは副社長と専務、どちらがタイプですか？」

園田さんは目を輝かせながら私にたずねる。

「ええと」

ここはなんと答えるべきだろう……。私が返答に困っていると、背後で自動ドアが開く音がした。

反射的に入口のほうに視線を向ける。ショールームに入って来た男性を見て、心臓が大きく跳ねた。

オーダーメイドのスーツが見事に似合う引き締まった体つきの長身の男性。彼はゆったりとした足取りでこちらに歩いてくる。

黒い髪を自然にうしろに流した清潔感のある髪形。整った精悍な顔立ち。余裕と色気を感じさせる佇まいに、体の中心に芯が通っているかのような綺麗な姿勢。その完璧な容貌に思わず目を奪われる。

私はいつも彼を見るだけで胸が高鳴り言葉を失ってしまう。この感覚は、まばゆい宝石や美しい景色を見て圧倒されるのに似ていると思う。

「わ！　あれ、副社長じゃないですか？」

彼の姿に気付いた園田さんが声を高くした。

「まじか。たしかにあれはイケメンだわ」

佐野さんも副社長のオーラに圧倒されたようにつぶやく。

副社長は最初から私がここにいるのを知っていたかのように、まっすぐにこちらに近づいてきた。

目が合い会釈する。副社長から涼し気な視線を向けられ、ドキドキしながら口を開いた。

「園田さん、佐野さん。ご紹介いたします。弊社の副社長の吉永《よしなが》です」

副社長をふたりに紹介すると、園田さんの口から「うわぁ……」とため息がもれた。

「お、お会いできてうれしいです。お写真は拝見していたんですが、実物はさらにかっこいいですね……！」

副社長はそんな反応には慣れているんだろう。少しも動じず、「ありがとうございます」と穏やかに微笑む。

「副社長。こちら、女性誌の編集者の園田さんとカメラマンの佐野さんです。今日は取材に来ていただいていて……」

私の説明の途中で、彼は「あぁ。聞いてる」とうなずく。

「彩菜が雑誌に載るというから、様子を見に来たんだ」

「わざわざですか？」

多忙な副社長が、そんなことのために時間を割いて？

驚く私を見下ろし「だめだった？」と軽く首をかしげる。その視線の色っぽさに、心臓が大きく跳ねた。

慌てて「いえ」とかぶりを振ったけれど、頬は燃えそうなほど熱くなっていた。

そのやりとりを見た園田さんは、不思議そうに目を瞬かせる。

「あの、おふたりは……？」

彼女の疑問に副社長はうなずいた。

「妻がお世話になっています」

私の背中に手を添え微笑む副社長を見て、園田さんと佐野さんが「ええっ！」と驚きの声をあげた。

そう。私、藤沢彩菜は吉永自動車の御曹司で副社長の吉永翔真さんと半年前に結婚し、吉永彩菜になった。

こんなに有能でかっこよくて素敵な人が私の夫だなんて、いまだに信じられない。まるで夢を見ている気分だ。

「旧姓でお仕事されているって言ってましたけど、まさか副社長の奥様だったなんて。びっくりしました！」

「……すみません、お話しするタイミングを逃してしまって」

私が謝ると、園田さんは「いえいえ」と首を横に振ってから身を乗り出した。

「ちなみにおふたりは職場恋愛だったんですか？」

「ええと」

興味津々の質問に戸惑う私の代わりに、翔真さんが答えてくれた。

「妻とは幼なじみなんです」

「わぁ！　幼なじみと結婚なんて素敵ですね！」

翔真さんの答えを聞いて、園田さんの目が輝く。

「ってことは、藤沢さんは専務を務められている弟さんとも幼なじみなんですよね？」

問いかけにうなずく。

吉永家と我が家は両親同士の仲がよく、小さなころから交流があった。

幼なじみとして育った私たち三人。翔真さんは四歳上で、弟の悠希《ゆうき》は一歳上。

子どものころの四歳差は大きく、翔真さんはとても大人に見えた。やんちゃで意地悪な悠希と違い、いつも落ち着いていて優しい翔真さんは私の初恋で憧れだった。

そのころからずっと翔真さんに片想いをし続けている。

「イケメン御曹司兄弟と幼なじみとして一緒に育ったなんて、うらやましすぎますね。じゃあ、小さなころからお互いに好意を持っていたり？」

「いえ、あの。その……」

私はずっと彼が好きだったけど、翔真さんは違う。返答に困る私を見て、話を聞いていた佐野さんが園田さんをたしなめる。

「園田。あれこれ詮索するな。失礼だろ」

佐野さんの言葉に、園田さんははっとして頭を下げた。

「すみません。こんな素敵なご夫婦のお話を聞く機会なんてなかなかないので、興奮してしまいました」

彼女の謝罪に、翔真さんは「大丈夫ですよ」と穏やかに微笑む。

その様子を私は黙って見守る。すると佐野さんがそんな私を見て首をかしげた。

「藤沢さん、さっきまで笑顔だったのに急に表情が強張りましたね。もう取材は終わったのに、緊張してきちゃいました？」

その指摘にぎくりと肩が跳ねた。さすがカメラマンさん。人の表情から感情を読み取るのがうまいんだろう。

「いえ、そんなことは」と取り繕いながらも、手のひらが汗ばむほど緊張していた。

自然に振る舞おうとしているのに、全神経が隣にいる翔真さんに集中してしまう。

翔真さんが心配するように私に視線を向けた。その優しい表情にときめきが暴走しそうになる。

だって、こんなにかっこいい翔真さんが隣にいたら、緊張せずにはいられないじゃないですか……！

そう叫びたいのを、必死にこらえた。

私は自分の夫である翔真さんが好きで好きで仕方ないのだ。彼を前にすると平常心ではいられないくらいに。

翔真さんは挨拶をすませるとすぐに仕事に戻って行った。

ショールームの入口には副社長秘書の設楽《したら》さんが待ち構えていた。設楽さんは四十代の男性で、多忙な翔真さんをいつもサポートしてくれている。

あまり表情を変えず常に冷静沈着なので、本当はロボットなのでは？なんて冗談が出るくらい有能な男性秘書だ。

綺麗な会釈をし軽く微笑んでから踵《きびす》を返した翔真さんは、設楽さんに目配せしてショールームを出て行く。

広い歩幅で歩く様子は颯爽《さっそう》としていて、立ち去るうしろ姿までかっこよかった。

ただ歩いているだけでこんなに絵になるなんて反則では……。

ときめきを必死に隠す私の隣で、園田さんが熱いため息をついた。

「副社長、本当にかっこいいですね。顔だけじゃなく、佇《たたず》まいやオーラがすごくて圧倒されました」

そうなんです。翔真さんは本当にかっこいいんです！と身を乗り出したくなる気持ちをぐっとこらえて微笑む。

「たしかに。あのままモデルになれそうだよな。機会があれば写真を撮らせてもらいたいくらい」

カメラマンの佐野さんの言葉に、園田さんが目を輝かせる。

「いいですね！　長身でスタイルがいいのでスーツ姿も素敵でしたけど、ゴージャスなハイブランドのロングコートを着てワイルドなイメージで撮影したらすごく映えそう」

モデルとして撮影される翔真さんの姿を想像するだけで足が震えた。そんなの絶対にかっこよすぎる。反則を通り越して罪なレベルになるのでは。

だめだ。そんな翔真さんが雑誌に載ったら、見た人みんなが翔真さんに恋をしてしまう……。

「藤沢さんから副社長に、モデルに挑戦しませんかとすすめてもらえませんか？」

のりのりな園田さんに、なんとか平静を装い「どうでしょう」と言葉を濁した。

「個人としてのメディア出演は断っているので、むずかしいかもしれません」

「そんなこと言わずぜひ！」

「ええと……」

「園田。気持ちはわかるけど、吉永自動車の副社長がモデルなんてするわけないんだから、あきらめろよ」

佐野さんにそう言われ、園田さんが残念そうに肩を落とした。

「でも絶対モデルの才能もあると思うんだけどなぁ……」

あきらめきれない様子の園田さんの隣で、佐野さんが「しつこくてすみません」と苦笑いしながら謝る。

「いえ。とんでもないです」

そんなやりとりをしてから、園田さんと佐野さんとはエントランスでご挨拶をして別れた。

時計を見るとちょうどお昼だったので、社内の食堂に向かう。

本社ビルの一階にある食堂は開放感のあるおしゃれな造りで、ランチタイムが終わると地域の人も利用可能なカフェテリアになる。

パスタと飲み物を載せたトレイを持って歩いていると、先輩の手島萌絵《てしまもえ》さんに声をかけられた。

「彩菜ちゃん」

「あ、萌絵さん」

おいでと手招きされて、彼女の向かいの椅子に座った。

「雑誌の取材だったんでしょう？　お疲れ様」

「ありがとうございます。すごく緊張しました……っ」

優しい萌絵さんの顔を見て、一気に気が緩む。くたりと椅子に座り込むと、「えらいえらい」と頭をなでてくれた。

萌絵さんは私のひとつ年上の優しい先輩だ。とてもおしゃれで美人でしかも気さく。私の憧れの女性でもある。

「彩菜ちゃんは目立つのが苦手だもんね」

「そうなんですよ。私より萌絵さんが取材を受けたほうがよかったのに」

「あの雑誌、ちょっとラグジュアリー路線じゃない？　私より彩菜ちゃんみたいなお嬢様のほうが合ってるわよ」

萌絵さんにそう言われ顔をしかめる。

「お嬢様なんかじゃないです。実家が古いだけで、私自身はいたって普通の庶民ですから」

「名家のご令嬢の彩菜ちゃんが、庶民っていうのは無理があると思うよ」

私の反論を、萌絵さんが笑って一蹴した。

萌絵さんの言う通り、私の実家は江戸時代から続く家柄だ。代々政治家や芸術家などを多く輩出し、経済界との繋がりも深い。

生まれ育った家は、歴史ある神社仏閣と勘違いして観光客が足を止めるほど大きく古い日本家屋で、父は海外でも認められる日本画家。母は大学を卒業してすぐに藤沢家に嫁いだ旧家のお嬢様だ。

ふたりとも一般企業に勤めた経験はなくおっとりとしていて、ちょっと世間知らず。

とくに金銭感覚はものすごく緩い。

気に入った絵画があれば値段も見ずに購入するし、人をよろこばせるためなら湯水のようにお金を使う。お人好しで人を疑うことを知らない両親が、怪しい投資話に騙されたのは一度や二度じゃない。

一年ほど前にも知り合ったばかりの男性から、アフリカの発展途上国にある工場を買い取らないかと持ちかけられた。

工場が軌道に乗れば現地の人たちの暮らしを豊かにできると説明された父は、熱意に心を打たれうなずいた。

けれどその話は真っ赤な嘘で、父がお金を出したのは経営者が逃げ出したボロボロの工場だったそうだ。

話を持ちかけてきた男はお金を受け取るなり姿を消し、父が手にしたのは赤字を抱えた工場の権利だけ。くわしくは聞いていないけれど、家や土地の売却を考えるほどの大きな損失だったらしい。

そうやって何度も騙されてきたのに、反省をせずすぐに人を信じてしまう。そんな両親のせいで、顧問弁護士や税理士が絶望的な表情で頭を抱える様子を幼いころから見てきた私は、こんな大人になっちゃだめだと自分に言い聞かせてきた。

もともと贅沢を好まない性格と両親を反面教師にして育ったかいあって、一般常識と庶民的感覚を身に付け、それなりにちゃんとした大人になったつもりだ。

大学卒業後、『彩菜をまったく知らない会社に就職させるのは不安だ』という過保護な父のすすめで吉永自動車に入社し、広報部に配属され真面目に働いてきた。

半年前に結婚し副社長の妻になったものの、周囲から特別扱いは受けていないしあくまでただの一社員だ。

「ご令嬢なんて言葉、私には似合わないですよ。ブランドものには興味がないし、贅沢したいとも思わないし、倹約大好きですし」

たぶん同年代の女性たちよりお金を使っていないと思う。そう主張する私を見て、萌絵さんが苦笑いをする。

「彩菜ちゃんがお金を使っていなくても、周りから貢《みつ》がれているじゃない」

「あ、このアクセサリーですか？」

耳元の小さなピアスに触れる。

お義母様がくれたサファイアのアクセサリー。

価値を聞いたときは震え上がったけれど、『この宝石たちも、タンスにしまい込まれたままより彩菜ちゃんに着けてもらえたほうがよろこぶでしょうから、気にせず普段使いしてちょうだい』と笑ってくれた。

実際に使わないとお義母様ががっかりした顔をされるので、絶対になくさないように気をつけながら大切に使わせてもらっている。

「アクセサリーはもちろんだけど、ワンピースやバッグは副社長からのプレゼントでしょう？」

そう言われうなずく。

私は動きやすくて清潔感があれば、ファストファッションで十分だと思っているけれど、翔真さんは私を連れて高級百貨店に行くのが好きらしい。

通されるのは一般のお客様が買い物をするフロアではなく、最上階の応接室。そこで外商の担当スタッフが選んでくれた服を私に着せて、かたっぱしから購入していくのだ。

その話を聞いた萌絵さんは「彩菜ちゃんは、愛されてるわよね～」とうっとりしながらつぶやいた。

「愛されているわけではなく、翔真さんは流行を知るために女性もののファッションにも触れたいらしいですよ」

翔真さんは結婚する前から私にアクセサリーや服を買ってくれることが多かった。申し訳なくて丁重にお断りしようとすると、翔真さんは『これも仕事のためだから、気にしなくていい』と言うのだ。

ファッションの流行が数年で移り変わっていくように、建築物やインテリア、雑貨や食器、情報機器のデバイスなど、いろいろなものにその時代ごとに好まれるデザインがある。

車の流行だけを追っていては感性の幅は広がらない。ジャンルにこだわらずいろいろな商品に触れ、センスを磨いておきたいんだと説明された。

とくに女性もののファッションは変化が早くて勉強になるのだと。

「あくまで市場調査の一環で、ついでに私に服を買ってくれているみたいです」

「なるほど。彩菜ちゃんに気を使わせないために、そういう言い訳をしているわけね」

萌絵さんは腕組みをしながらうんうんとうなずく。

「言い訳？」

「ちなみに彩菜ちゃんが着ているそのワンピース、一着いくらするか知ってる？」

「いつも私が値札を見る前に購入されちゃうんでわからないんですけど、着心地がいいし高そうですよね。ご……五万円とか？」

予想金額を聞いて、萌絵さんは私から目をそらした。

「あー、もうちょっと高いかもしれない」

「もうちょっとって、どれくらいですか？」

私の質問に、「うん。まぁ、彩菜ちゃんは知らないほうがいいかも」と言葉を濁す。

そうやって誤魔化されると逆に気になる。

「それより、雑誌のインタビューはどうだった？」

話題が変わり、気を取り直してうなずいた。

「編集者の園田さんも、カメラマンの佐野さんも、とてもいい人でした。ふたりとも私の緊張をほぐして話しやすい雰囲気を作ってくださって」

「よかったわね」

「でも取材中、翔真さんがショールームにやって来たんです」

私が声を落としてそう言うと、萌絵さんは「へぇ」と目を丸くする。

「挨拶だけして帰って行ったんですが、びっくりしました」

「きっと彩菜ちゃんが雑誌社の取材を受けてるって聞いて、心配になって偵察しに行ったのね。副社長、いつも涼しい顔をしてるのに実は独占欲が強くてかわいい……！」

萌絵さんはなにを勘違いしているのか、楽し気にはしゃぐ。

恋愛ドラマや漫画が大好きな萌絵さんは妄想が大好きで、ときどきよくわからないポイントで興奮し盛り上がることがある。

「翔真さんが私に独占欲を抱くわけがありませんし、多忙な中わざわざ偵察なんて」

翔真さんは昨年副社長に就任し、新車の発表会やモーターショーなどのイベントで公の場に出ることが多くなった。

彼の落ち着いた物腰と優れた美貌は自動車業界だけでなくＳＮＳなどでも話題になり、イケメン御曹司と注目を集めていた。

そして、彼が優れているのはもちろん外見だけではない。

吉永自動車に入社後技術開発部門に配属された翔真さんは、世界各地にある工場を結ぶ新たなネットワークを構築し、必要なものを必要なときに作るシステムを導入した。そのおかげで余剰在庫がなくなり生産効率は格段にアップした。

その功績が認められ三十歳という若さで副社長に就任すると、国内外問わず様々な業界から注目されるようになった。

そんな多忙な彼が私のために時間を割くわけがない。

それに、私と翔真さんはお互いが好きで夫婦になったわけじゃなく、親同士が決めた政略結婚だし……。

国内一の売り上げを誇る吉永自動車と、政財界に強い影響力があり世界のＶＩＰとも繋がりを持つ藤沢家が親戚関係になれば、お互いに大きなメリットがあった。

一年ほど前に父から吉永家との結婚の話があると聞かされた私は、『お相手が翔真さんなら』とうなずいた。

そして半年後に式を挙げ、私と翔真さんは夫婦になった。

私は幼いころから大好きだった翔真さんと夫婦になれて幸せだけど、彼はあくまで会社の発展のため結婚を決めたんだ。

そこは勘違いしてはいけない。

力説する私に、萌絵さんは「そうかなぁ」と首をかしげる。

「副社長は彩菜ちゃんを溺愛してるように見えるんだけど」

「いえ、翔真さんは責任感があって優しいから、妻である私を大切にしてくれているだけだと思います」

その証拠に、夫婦になって半年が経つけれど、彼に抱いてもらえたのはたった数回だけだし、それにキスだって……。

「彩菜ちゃん？」

私がうつむくと、萌絵さんが心配そうに名前を呼ぶ。慌てて気持ちを切り替えて笑顔を作った。

「今日取材を見に来たのも、たまたま通りがかっただけですよ。それなのに翔真さんがかっこよすぎてドキドキしちゃって大変でした」

ショールームに翔真さんが現れたときのことを思い出し、両手で顔を覆う。

「ドキドキしちゃって大変って。幼なじみとして小さなころから一緒に育った上に、結婚して半年も経つんだから、自分の旦那様の顔なんてもう見慣れたでしょ？」

「見慣れるわけないじゃないですか……！」

あきれ顔の萌絵さんに反論する。

三百六十度、どの角度から見ても整った美しい顔。モデルさながらの引き締まった長身。上品な佇まいに穏やかな口調。落ち着いていて優しい性格。そして聞くだけでとろけてしまいそうな甘い声。

欠点なんてひとつも見つけられない完璧で魅力的すぎる翔真さんに、そう簡単に慣れるわけがない。

結婚し一緒に暮らし始めて半年。私は毎朝、翔真さんと顔を合わせるたびに彼のかっこよさに驚き心臓が止まりそうになる。

慣れるどころかときめきは増す一方だ。

もしかしたら、彼の魅力は日に日に増え続けているんじゃないだろうか。

すでに直視できないくらいかっこいいのに、昨日より今日、今日より明日と余裕と色気を身に付けていき、年を重ね人生の厚みと渋さまで兼ね備えてしまったら……。

数十年後。おじ様になった翔真さんの姿を思い浮かべると血圧があがった。

どうしよう、想像するだけで破壊力がすごすぎる。

「私の心臓、絶対持たないです……」

このままじゃ早死にするに違いない。本気で不安になりながらつぶやくと、聞いていた萌絵さんはくすくすと肩を揺らして笑った。

「彩菜ちゃんは旦那様が大好きなのね」

「はい。本当に大好きです」と素直にうなずく。

「そして大好きすぎて、彼の前だと無口になっちゃうのよね？」

憐れむような表情で見つめられ、私は力なくうなだれた。

「そうなんです……。さっきも翔真さんが現れた途端私が無口になったので、カメラマンの佐野さんに不思議がられてしまいました」

自分の言動を後悔してため息をつく。

翔真さんがいると緊張して表情が硬くなり言葉が出なくなるのは、小さなころからの癖だった。

年上の彼に子どもだと思われたくない。女性として意識してもらいたい。

そんな想いが強すぎるせいかもしれない。

「素の彩菜ちゃんはこんなに明るくておしゃべりなのにね」

萌絵さんの言葉を聞きながら、自分の未熟さと不器用さを痛感して少し落ち込んでしまった。

翔真さんと暮らす自宅は、駅直結の高級マンション。今の時期みたいな暑さの厳しい夏は日差しの下を歩く必要がないし、冬でも雨の日でも天候を気にせず通勤ができて便利だ。

駅周辺は人と光にあふれ賑やかだけれど、マンションに入ると空気が変わる。自動ドアをくぐった先には、落ち着いた上質な空間が広がっている。

エントランスを進むとコンシェルジュの男性が「おかえりなさいませ」と上品な笑みを浮かべ挨拶をしてくれた。

自宅があるのは高層階。エレベーターが浮上すると地上の喧騒《けんそう》が遠ざかる。

有名建築士が設計したというこのマンションは、無駄がなく機能的でとても静かだ。

雨の音も風の音も車の行きかう音も届かない。

帰宅した私は部屋着に着替え、夕食の支度を始める。

翔真さんは『彩菜は働いているんだから、無理して家事をする必要はない』と言ってくれるけれど、『やらせてください』と私からお願いした。

大好きな翔真さんの役に立ちたいし、結婚してよかったと思ってもらいたい。そのために私は日々努力し続けている。

今日の夕食は採れたての夏野菜をたっぷり使ったメニューだ。ほうれん草とトマト、たまねぎの水分だけで作ったカレーに、ナスやカボチャやズッキーニを素揚げにして添える。

簡単なサラダと箸休めにみょうがとらっきょうの甘酢漬けも手作りした。

夕食の支度が終わり、達成感に胸を張る。

彩りも栄養バランスもばっちりの今日の献立だけど、使った野菜は実家の家政婦さんが送ってきてくれたものだから、かかった費用はお肉とスパイス代くらい。

おいしい料理を作りながらも、節約もできたことに満足して笑みを浮かべる。

私は小さなころから実家の大きなキッチンで、家政婦さんに料理を教えてもらうのが好きだった。

そのおかげで一般的な家庭料理ならなんでも作れるようになった。中でも採れたての野菜を使った料理が得意だ。

家政婦さんは実家の広い敷地の中で家庭菜園をしていて、夏から秋には山のように新鮮な野菜が採れる。

私も夏休みになると朝早くから水やりをして、野菜のお世話をしていたっけ。

毎日採れる野菜を新鮮なうちに調理して、常備菜にしたり冷凍保存したり工夫しておいしく食べる。無駄なく使いきったときの達成感が大好きだった。

そんな私を家政婦さんはとてもかわいがってくれていて、結婚した今でも定期的に野菜を届けてくれる。

実家での生活を懐かしく思っていると、玄関の鍵が開く音がした。翔真さんが帰って来たんだと気付き、廊下に出て彼を出迎える。

「翔真さん、おかえりなさい。お疲れ様です」

玄関に入って来た彼は涼し気な視線を私に向けた。翔真さんのお顔は完璧に整っているから、目元をわずかに緩ませるだけでうっとりするほど美しい。

「ただいま、彩菜」

私の名前を呼ぶその優しい声が、世界で一番好きだ。できるなら録音して、毎朝この声で目覚めたい。

そんなことをしたらドン引きされるだろうから我慢しているけど。

はぁ……。今日も私の旦那様はかっこよすぎる。

感動を噛みしめる私を見て、彼が「どうかした？」と首をかしげた。

「いえ、なんでも」

なんとか興奮を隠しつつバッグと上着を受け取ろうと手を差し出す。翔真さんは柔らかく笑い首を横に振った。

母はいつもこうやって父を出迎えていたから私もそれにならっているんだけど、彼が私に荷物を持たせることはない。

こういうところも紳士的で素敵だ。

「今日は突然ショールームに来られたので驚きました」

そんな話をしながら廊下を進む。

「あぁ。彩菜が取材を受けてると聞いたから、秘書の設楽さんに頼んで少しだけ時間を空けてもらったんだ」

「多忙な翔真さんがわざわざ？」

「心配だったから」

なにが心配だったんだろうと不思議に思い、そうかと気付く。

「私が取材で変なことを言わないか、不安で様子を見に来たんですね。大丈夫ですよ、

「副社長である翔真さんのイメージを壊すような失言は絶対にしませんから」

私が力強く言うと、翔真さんが苦笑した。

「そういう心配はしてないよ」

「じゃあどういう心配を？」

翔真さんは首をかしげた私を、ちらりと流し目で見下ろす。

「取材に来たのが男で、彩菜が口説かれないかとか？」

「まさか！」

「でも、俺と結婚しているのを隠していただろ」

ちょっと不満そうに言われ「すみません」と謝った。

「翔真さんと私とでは不釣り合いだと思われそうで……」

「不釣り合いなわけがない。そもそもこの結婚は、吉永家のほうからぜひにと持ちかけたんだから」

それは、藤沢家の名前と人脈が目的だからで、私自身に価値があったわけではない。

私がうつむいていると、翔真さんは上品なデザインの小さな紙袋を差し出した。

「これは？」

「お土産」

社外での仕事が多い翔真さんは、こうやって私にお土産を買ってきてくれることがある。

綺麗な花束や宝石のようなスイーツ、かわいらしい和菓子。翔真さんの贈り物はいつも素敵でセンスがよかった。

「ありがとうございます。開けてもいいですか？」

「もちろん」

なんだろうと思いながらリビングに移動し紙袋をのぞく。上品なデザインの四角い箱が入っていた。

ただよう高級感に気圧されまじまじと箱を見つめる。

翔真さんは小さく笑い私の代わりに箱を開けた。中に入っていたのはシンプルで美しいブレスレット。

上品で素敵だなと思っていると、翔真さんは私の腕をとりブレスレットをつけようとする。

「えっ。これ、私にですか？」

動揺する私を見て、翔真さんは首をかしげた。

「気に入らない？」

「いえ、とても素敵ですけど……」

「よかった」

「でも、すごく高そうです。誕生日でも記念日でもないのに、こんなプレゼントをいただくわけには」

ファッションやブランドに疎い私でも、このブレスレットが高価なものだということはわかる。『お土産』なんて気軽にプレゼントするものではない。

戸惑っている間に、翔真さんが私の手首にブレスレットをつけてくれた。

華奢なチェーンが美しいブレスレット。さりげないのに上品でとても素敵だった。

「出先でたまたま見つけて、彩菜の顔が浮かんだ。きっと似合うだろうと思ったんだ」

忙しい翔真さんが、仕事中に素敵なものを見て私を思い出してくれた。高価なプレゼントよりも、彼の心の中に私がいることがうれしい。

「ありがとうございます」

しっかりと頭を下げお礼を言ってから、「でも」と眉を下げた。

「いつももらってばかりで申し訳ないです」

そう言った私を、翔真さんはわずかに首を傾けて見下ろす。彼の黒い髪がさらりと流れた。

「俺が買いたくて買ったんだから、気にしなくていい。それにこうやってプレゼントでもしないと、彩菜は俺に遠慮してお金を使わないだろ」

結婚当初に『なんでも好きなものを買っていい』と翔真さんから黒色のカードを渡されていた。

だけど、必要なものは翔真さんが買ってくれるので、私がお金を使うタイミングはほとんどないし、あったとしても自分のお給料で十分まかなえる。

だから結婚して半年が経つけれど、渡された翔真さんのカードを使ったことは一度もなかった。

「遠慮しているわけではないんですけど」

説明しようと口を開いた私を、翔真さんがじっと見つめた。その不満そうな表情に息をのむ。

いつも穏やかな彼が見せたちょっと不機嫌な表情がかっこよすぎるんですけど！と叫びそうになる。

今心拍数を測ったら、とんでもないことになっていると思う。

「本当に遠慮していないなら、ほしいものは我慢せず買うように」

「でも、翔真さんのお金を私なんかが勝手に使うわけには……」

申し訳なくてそう言うと、彼は長身をかがめた。幼い子どもに言い聞かせるように、私の瞳をのぞき込む。

「私なんか、じゃないだろ。彩菜は俺の大切な妻なんだから」

俺の大切な妻、という言葉を聞いて頭に血が上った。

私たちは政略結婚で、翔真さんは私に恋愛感情を抱いていないってことはわかってる。だけど、大切な妻と言ってもらえるなんて、建前でも嘘でもうれしい……っ！

「わかった？」

彼に見つめられた私は、『翔真さん大好き！』と叫び出したくなる気持ちを必死に抑えこくこくと首を縦に振る。

翔真さんは表情を緩め、私の頭を優しくなでてくれた。

「着替えてくるよ」

そう言ってリビングを出て行く。

私はドキドキしながらそのうしろ姿を見送った。そして、ドアが閉まった瞬間大きく息を吐き出す。

あぁぁぁっ。今日も翔真さんはかっこよすぎる……！

なんとか叫ばずに我慢した自分を褒めながら、肩を上下させて深呼吸をする。

それにしても、と思いながら自分の左腕を見下ろした。

そこにはもらったばかりのブレスレットが輝いている。上品だけどシンプルで、職場にもつけていける素敵なデザインだった。

翔真さんはどうしていつも私に高価なプレゼントをしてくれるんだろう。彼は私がお金を使わないことに不満を持っているみたいだ。

首をひねって「そうか」と気付く。

「翔真さんは、私に副社長の妻としてふさわしい、セレブな生活をしてほしいと思っているのかもしれない」

ひとりでそうつぶやき納得する。そして私は頭を抱えた。

困った。両親を反面教師にして育った私は贅沢に興味がないし、むしろ倹約をして無駄をはぶくことによろこびを感じるタイプだ。

翔真さんが自分の妻には贅沢な生活をしてほしいと望んでいるなら、庶民的な感覚を持つ私は妻失格なのでは……。

青ざめていると、部屋着に着替えた翔真さんがリビングに入って来た。

さらりとした白いシャツに黒いパンツ。シンプルな格好だからこそ、彼のスタイルのよさが際立っていた。

翔真さんは学生時代剣道をやっていたせいか、姿勢がよく引き締まった体つきをしていて、なにを着ても様になる。

仕事中のスーツ姿ももちろんかっこいいけれど、ラフな服装の彼も素敵だ。

カメラマンの佐野さんが、写真を撮りたいと思うのも納得だ。

こんなふうにリラックスした姿を見られるのは、妻である私だけだという特別感と優越感に胸がおどり頬が緩む。

「いい匂いがしているけど、今日はカレー？」

彼に問いかけられた私は、緩んだ口元を慌てて引きしめ「そうです」とうなずいた。

「実家の家政婦さんが、家庭菜園で採れたお野菜を送ってくれたんです。おかげで栄養満点の料理がお得に作れて……」

うきうきしながら話し始めた私を見て、翔真さんが苦笑した。

「彩菜は俺からアクセサリーや服をもらうよりも、家政婦さんから野菜を送ってもらうほうがうれしそうだな」

しまったと思い首を横に振る。

「い、いえっ。そういうわけではっ‼」

ただでもらった野菜に浮かれるなんて、大企業の副社長の妻として失格だ。

本当にセレブな奥様は、高級スーパーに並ぶ厳選された高品質なオーガニックの食材を選ぶんだろう。

料理だってこんな家庭料理ではなく、テリーヌとかパテとかリエットとか、見た目も美しく華やかな料理を作っているに違いない。教室に通って、ちゃんとした料理を勉強したほうがいいだろうか。

いや、そもそも本当のセレブならうちの母のように家政婦さんにすべてを任せて、料理も家事もしないのでは。

でもなにもしないなんて私が耐えられないし……。

なんて葛藤する私をよそに、翔真さんはキッチンへ向かいカレーが入った鍋のふたを開けていた。

「皿によそって、素揚げした野菜を添えればいい？」

「あ、私がやります」

慌てて翔真さんに駆け寄ると、「いいよ」と柔らかく微笑まれた。至近距離で笑顔を見て、きゅんと心臓が跳ねる。

仕事で疲れているのに、いやな顔ひとつせず夕食の支度を手伝ってくれる翔真さんは優しすぎる。

かっこよくて有能で優しくて気さくなんて、私の旦那様は本当に完璧だ。天は翔真さんに二物どころか、人間に考えうるすべての魅力を注ぎ込んだんじゃないだろうか。

私が唇を噛みしめて小さく震えていると、翔真さんは首をかしげた。

「どうかした？」

不思議そうな視線に気付き、慌てて「い、いえっ！」と取り繕う。

「じゃあ、私はサラダの用意をしますね」

深呼吸しながらそう言い、ダイニングテーブルに料理を並べた。

「いただきます」と手を合わせ食事をする。

「おいしい」

「お口に合ってよかったです」

「彩菜は本当に料理が上手だよな」

「ありがとうございます。でも、簡単な家庭料理しか作れなくて。教室に通ってちゃんとしたお料理を勉強したほうがいいかなと思っているんですが」

「彩菜が通いたいならいいけど、俺のためなら必要ない。毎日こんなにおいしい料理を作ってくれているだろ」

「でも、この先お仕事関係の人を家に招く機会もあるかもしれないですし」

翔真さんのご実家でも、ときおりゲストを招いてホームパーティーを開いていた。将来吉永自動車のトップに立つ翔真さんも、これからそういう場面がいくつもあるだろう。

そのときに妻として翔真さんをサポートするのが、政略結婚をした私のつとめだ。

そう主張すると、彼はわずかに表情を曇らせた。

「仕事を家庭に持ち込んで彩菜に接待をさせるようなことはしないから、気にしなくていい」

「それは、至らない私に大切なゲストをおもてなしさせるのは不安だからですか……？」

おずおずとたずねると、翔真さんは視線をあげ私を見る。

「いや、そうじゃない。俺が不安に思っているとしたら、反対の意味でだよ」

「反対？」

意味がわからず首をかしげる。そんな私に向かって翔真さんはにっこりと微笑んだ。

「彩菜は彩菜らしく笑っていてくれれば、それだけで十分だから」

優しい言葉なのに、少しだけ突き放されたような気がした。

私と結婚したときも翔真さんは私を気遣うようにそう言ってくれたっけ……。と心の中でつぶやく。

「そうだ、彩菜。明日の予定は？」

翔真さんにたずねられ、「え？」と首をかしげる。

「そろそろだろ」

質問の意図を理解して頬が一気に熱くなった。

「ええと」

私は視線を泳がせながら口ごもる。

「明日は金曜だからちょうどいいかと思ったんだけど、疲れているなら無理をする必要はないよ。また来月にしても……」

私の体調を気遣ってくれる優しい彼に、慌てて首を横に振った。

「い、いいえ。疲れてないので、大丈夫ですっ」

頬を熱くしながら言った私を見て、翔真さんは小さく笑う。

「じゃあ、明日は一緒に寝ようか」

私は真っ赤になった顔を見られないようにうつむきながら「はい」とうなずいた。

月に一度。私は彼に抱かれる。それは愛し合っているからではなく、子作りのためだった。

憧れの人との結婚

今から半年前。

翔真さんと私の披露宴には、両家の親類や会社の関係者はもちろん政財界の有力者など、国内外から三百人以上のゲストが招待されていた。会場は歴史ある高級ホテルの一番広いバンケットルーム。

披露宴が始まる直前。私は大きな両開きの扉の前で緊張しながら立っていた。

自然と呼吸が浅くなり、心臓がものすごい音をたてて胸を打つ。手のひらには汗が浮かび、膝が震えていた。

必死に平静を装っているつもりだったのに、隣にいる翔真さんには私の動揺が伝わったんだろう。

「彩菜、緊張してる？」

翔真さんは心配そうな表情で私を見た。背の高い彼に見下ろされ、さらに鼓動が速くなった。

私が緊張するのも無理はない。だって、世界で一番大好きな翔真さんが、超絶かっこいい新郎として私の隣に立っているんだから。

長身でスタイルがいい彼の純白のタキシード姿は、まるで王子様のように清廉で凛々《りり》しかった。

気品のある空気をまとい背筋を伸ばして佇む様子は近寄りがたいほど美しい。胸元の深紅のバラのブートニアが彼の大人の魅力を際立たせて、匂い立つような色気も感じる。かっこよすぎて卒倒しそうだ。

小さなころから大好きだった翔真さんと本当に結婚できるんだ……。そう思うだけで心臓は爆発寸前だった。

「だ、大丈夫です……」

なんとか首を横に振ったけれど、私の口から出た声は情けないほど細かった。

「大丈夫じゃなさそうだね。少し休んだほうがいい。控室に行こう」

翔真さんはそう言って式場のスタッフに目配せをすると、私の腰を抱き歩き出そうとする。

「で、でも。これから披露宴が始まるのに、控室に行っている余裕は……」

「披露宴のことなんて、気にしなくていい」

「たくさんの招待客の皆さんが待っているのに、気にしないわけにはいきません」

必死に説得する私に、翔真さんは真剣な表情で口を開いた。

「招待客より、彩菜のほうが大切だ」

まっすぐに私を見つめる翔真さんに、心臓を撃ち抜かれる。

愛のない政略結婚の相手である私にまでこんなふうに気を使ってくれるなんて、翔真さんはどこまで優しいんだろう。

尊さに唇を噛んでいると、「彩菜、ガッチガチだな」とからかうような声が聞こえてきた。

驚いて振り返る。細く開いた扉から出て来たのは、翔真さんの弟の悠希だ。

「悠希。抜け出してきたのか」

翔真さんが咎めるように彼を見る。

「あぁ。彩菜が緊張してるだろうと思ってからかいに来た」

そう言いながら、フォーマルなスーツを着た悠希がこちらに近づいてきた。

翔真さんは艶《つや》のある黒髪だけど、悠希の髪は自然な茶色。切れ長で涼し気な目元のせいかストイックで清廉な空気をまとう翔真さんに対して、悠希は直線的な眉とたれ気味の目元が色っぽい甘い顔立ちをしている。

ふたりとも長身でイケメンだけど、人に与える印象は正反対だ。

「彩菜、顔が強張ってるぞ」

こちらに歩いてきた悠希が、私を見た途端噴き出す。そんな意地悪を言う悠希にむきになって反論した。

「しょうがないでしょ！　こんな状況で、緊張するなって言うほうが無理だよ」

世界一かっこいい翔真さんが隣にいるんだから、平常心でいられるわけがない。

半泣きになりながら「どうしよう。翔真さんがかっこよすぎて心臓が止まりそう」と悠希に小声で訴える。

「彩菜は相変わらずだな」

私の言いたいことを理解した悠希が、横目で翔真さんを見ながら笑った。私たちのやりとりが聞こえなかった翔真さんは、不思議そうにこちらを見つめる。

幼なじみとして育ってきた私たち三人。

憧れの翔真さんの前では緊張してしまう私だけど、年が近い悠希に対しては自然体でいられた。お互い気を使わずになんでも言い合える関係だ。

そして悠希は、私が翔真さんにずっと片想いをしてきたのを知っている。

一歳差の悠希とは中学、高校と同時期に同じ学校に通っていた。

学生時代、明るく社交的でしかも顔までいい悠希は、学校の女子生徒の半分は彼のことが好きなんじゃないかと言われるくらいのモテっぷりで、周りには常にたくさんの女の子がいた。

そのころから女の子と付き合ったり別れたりを繰り返してきた遊び人の悠希は、今も特定の恋人を作らずその場限りの恋愛を楽しんでいるらしい。

そんな恋愛経験豊富な彼に、私はいつも恋の相談をしてきた。

ちなみに翔真さんとは四歳差なので同時に学校に通うことはなかったけれど、先輩たちの話では悠希と同じかそれ以上にモテていたらしい。

ただ、悠希と違ってふらふら遊んだりしない、真面目な優等生だったそうだ。そんなところも本当にかっこいいと思う。

そんな過去のことを思い出していると、悠希が私の肩を叩いた。

「彩菜。どうせ緊張するなら、とことん緊張しろよ」

「え？　どういう意味？」

「ドレスの裾《すそ》を踏んでウエディングケーキにつっ込むくらいの失敗を期待してるから」

人の失敗を期待するなんて。悪趣味な悠希に顔をしかめる。

「冗談でもそんなこと言うのはやめてよ」

「なんで？　一生の思い出に残るじゃん」

「そんないやな思い出残したくない」

「えー。楽しそうなのに」

悠希はこちらに流し目を向け、ちょっと意地悪に口端を引き上げる。

他人事だと思って、おもしろがるなんてひどい。頬を膨らませて睨《にら》むと、悠希は両手で私の頬をつまんだ。

「ほら、こわい顔してないで笑えよ」と無理やり口角をあげられ、眉をひそめて抵抗する。

「ちょっと、痛いよ」

「お前のほっぺたってもちもちだよな。つねりがいがある」

「もちもちって失礼すぎる。悠希はほんとデリカシーがないよね！」

「なんで？　かわいいって褒めたんだけど。触り心地がいいって最高じゃん」

「そんなこと言われてよろこぶ女の子なんていないから」

悠希と言い合いをしていると、長い腕が私の肩を抱いた。

驚いて振り返る。翔真さんが私を悠希から引き離すように自分の胸に抱き寄せていた。

「悠希。そうやって彩菜をいじめないように」

翔真さんはまっすぐに悠希を見つめる。穏やかな口調だったのに、その場の空気が一瞬ぴりっと張り詰めたような気がした。

するとと悠希は両手をあげ小さく肩をすくませる。

「いじめてないって。彩菜をリラックスさせてやっただけだよ」

そう言われ、いつの間にか膝の震えが収まっているのに気が付いた。子どものころのようなやりとりをしている間に、緊張がほぐれていたようだ。

「少しは落ち着いただろ？」

悠希にそう問われ、素直にうなずく。

「うん。少しだけ落ち着いた」

「じゃあ、俺は会場に戻るわ」

そう言って歩いていく悠希のうしろ姿を見送りながら、ゆっくりと息を吐き出した。

完全に緊張がなくなったわけではないけれど、だいぶ平常心に戻れた。

「彩菜、大丈夫か？」

私の顔をのぞき込んだ翔真さんに「はい」と答える。

「緊張してすみません。翔真さんにご迷惑をかけないように、翔真さんにふさわしい妻になれるように、がんばりますから」

この披露宴は吉永自動車の後継者のお披露目でもある。

私が大きな失敗をすれば、翔真さんの顔に泥を塗ることになってしまう。彼の妻としてふさわしい振る舞いをしなければと気合いを入れる。

そんな私を見て、翔真さんは少し複雑そうな表情を浮かべた。

「そんなふうに気負う必要はないよ。彩菜は彩菜らしく笑っていてくれれば、それでいい」

優しい口調で言ってくれたけれど、そのとき私は突き放されたような気持ちになった。

私たちは恋愛結婚ではなく政略結婚で、翔真さんは吉永自動車にメリットがあるから私を結婚相手に選んだ。

必要なのは藤沢家の名前と人脈だけで、私自身にはなにも期待していないと言われたように感じてしまった。

その後、大きな失敗もなく無事披露宴を終えた私たちは、ふたりの新居に移動した。

今までは私は実家で暮らしていたけれど、今日からは翔真さんの妻としてここで暮らす。

翔真さんが用意してくれたマンションは、窓から都心の夜景が見下ろせた。実家は一軒家だったから、自宅からこんな景色が見られるなんて映画でも見ている気分だ。

落ち着いたインテリアで揃えられたリビングの大きなソファに座り、私は深呼吸を繰り返す。

私が先に入浴をすませ今は翔真さんがお風呂に入っているので、リビングにいるのは私ひとり。

今夜はいわゆる初夜。私たちは夫婦なんだから、もちろんそういうことをするよね……。

幼いころからずっと翔真さんに片想いをし続けてきた私は、恋愛経験がいっさいなかった。

異性と手を繋いだことも、キスをしたこともない。

初めての相手が大好きな翔真さんだなんてうれしくてしかたない。だけど、期待と同時に緊張と不安も大きくなる。

あんなに魅力的で素敵な翔真さんが、私で満足してくれるのだろうか。経験のない私にがっかりして、つまらない女だと失望されたらどうしよう。そもそも私は翔真さんに抱かれて正気を保てるのか。一気に自信がなくなってくる。

あんなかっこいい翔真さんに抱きしめられて組み敷かれてキスをされて……。その様子を思い浮かべ、思わず「無理！」と悲鳴をあげる。

想像するだけで興奮しすぎて頭がくらくらするのに、実際にベッドでこちらを見下ろす翔真さんを目の当たりにしたら、『どうしよう』『かっこいい』『大好きすぎる！』と叫んでしまいそうだ。

翔真さんは会社のために私を妻にしただけなのに、一方的に彼への好意を押しつけたら絶対困らせる。むしろドン引きされる気がする。

なんとか冷静にならなければ……。

私がリビングでひとり青くなったり赤くなったりしていると、ドアが開く音がした。入って来たのは、お風呂上がりの翔真さん。

白いTシャツにハーフパンツというリラックスした服装の彼が、洗いっぱなしの黒髪をかきあげながらこちらを見る。

お風呂上がりの彼からはさわやかさと色気という相反する魅力があふれ出ていて、心臓が止まるかと思った。

これから翔真さんに抱かれるんだ……。そう思うと彼が男だということをいやでも意識してしまう。たくましい肩とか厚い胸板とか引き締まった腰とか、私とはまったく違う体。

私が見とれていると、翔真さんが「どうかした？」と首をかしげた。

しまった。こんなふうに凝視していたら、変に思われる。

「な、なんでもないです」

慌てて目をそらしたけれど、声が思い切り裏返った。動揺しているのがバレバレだ。

翔真さんは向かい側のソファに腰を下ろした。そして私をじっと見つめる。

そうやって見られると、余計に緊張するんですけど……！

ときめきが暴走しそうになり、心の中で悲鳴をあげる。

私たちの寝室は別々に用意されていた。多忙な翔真さんが、私の睡眠の邪魔をしないようにと気遣ってくれたらしい。

でも今日は初夜だから、翔真さんの寝室で一緒に寝るんだよね。

夫婦の営みというものは、ベッドに行こうと誘われて始まるんだろうか。それとも、とくに宣言もなくキスをしたり触れたりして徐々に深まっていくものだったり？

恋愛経験がいっさいない私は、これからどんな流れになるか予想できずにひたすら緊張していた。

どうしよう。ドキドキしすぎて翔真さんの顔を見られない。うつむき自分の膝を見下ろしていると、ふっと短く息を吐く音が聞こえた。

「彩菜は子どものころから悠希の前では無邪気に笑うのに、俺とふたりきりになると目をそらして黙り込んでしまうよな」

静かな口調で言われ、慌てて顔をあげる。

「え？」

「披露宴の直前でも、悠希の顔を見た途端いつもの笑顔になってた。あいつがいると安心できるんだな」

私の態度のせいで翔真さんに不快な思いをさせてしまったんだと気付き青ざめる。

「すみません。わざとじゃないんですけど……っ」

私がそう言うと、翔真さんは「謝らなくていいよ」と首を横に振った。

「謝らないといけないのは、彩菜の気持ちをわかっているのにこの結婚を決めた俺のほうだから」

「私の気持ち……？」

意味がわからず目を瞬かせる。

「今日は早めに寝ようか」

翔真さんはそう言ってソファから立ち上がった。

「でも、あの。別々に寝るんですか？」

困惑しながら翔真さんを見上げる。

「あぁ。今日は朝から挙式をして披露宴をして、疲れただろ」

優しい口調で言い、私をソファから立ち上がらせる。そして私が使う寝室の前まで来ると、こちらを見下ろした。

「おやすみ、彩菜」

翔真さんは優しく頭をなでてくれる。

「ええと、おやすみなさい」

なんとかうなずき挨拶をして、ひとり部屋に入った。ぱたんとうしろ手にドアを閉めたけれど、私は思い切り困惑していた。

私たちは夫婦になって、今日は新婚初夜で、絶対に彼と一夜を共にするんだと思っていたのに……。

まさか、ハグもキスもなく別々に寝ることになるなんて、予想外だった。

たしかにその日は朝から挙式の支度をして、慣れない白無垢やドレスを着て、大規模な披露宴を終え、その後もたくさんの関係者たちに挨拶をして……。私はとても疲れていた。

現に自室のベッドに入った私は、すぐに熟睡してしまったし。

きっと翔真さんは疲れた顔をした私に気を使って別々に寝ようと言ってくれたんだ。

私たちは夫婦になったんだから、初夜に抱き合わなかったとしてもこれからいくらでもそういう機会はあるはず……。

そう思っていたけれど、翔真さんはいくら待っても私を抱こうとはしなかった。

結婚してから三カ月。翔真さんと私の関係は清いままだ。抱き合うどころか、キスもハグもしていない。

別に仲が悪いというわけじゃない。むしろ申し訳なくなるくらい、翔真さんは私に気を使い優しく紳士的に接してくれている。

休日に私を連れて出かけるとおし気もなく服や靴を買ってくれ、なんでもない日に贈り物をしてくれる。

私の話を笑顔で聞き、作った料理をおいしいと食べてくれるし、食事の後片付けも率先してやってくれる。

一緒にいて楽しいし、幸せだと思う。欠点なんてひとつもない、完璧すぎる旦那様だ。

ただひとつ、肉体的接触がいっさいないことをのぞけばだけど……。

「——翔真さんは、私を抱く気がないのかな」

パジャマに着替えた私は、洗面所で歯を磨きながらそんなひとりごとをもらした。

コップの水で口をゆすぎ、鏡に映った自分を見てため息をつく。

翔真さんはあれだけ魅力的な人だから、恋愛経験も豊富だろう。今まで何人もの素敵な女性とお付き合いをしてきたに違いない。

だから、経験も知識も色気もない私なんか抱く気にはなれないのかもしれない……。

そんな想像をして落ち込む。

だけど、私に触れないからといって、翔真さんが外でほかの女性と会っている気配もなかった。

じゃあ、彼にはそういう欲求がないとか？

ひとり頭を悩ませていると、「そんなむずかしい顔をして。どうかした？」と声をかけられた。

驚きのあまり「ひっ」と声をもらす。

洗面所のドアを閉め忘れていたんだろう。翔真さんが廊下からこちらを見ていた。

「そんなに驚かなくても」

目を丸くした私を見て翔真さんが苦笑する。

翔真さんは不意打ちで見てもかっこよすぎる……。ドキドキとうるさい心臓を押さえながら口を開いた。

「ちょ、ちょっと考えごとをしていて」

「考えごと？」

「あの、翔真さんには性欲がないのかなって……」

動転していたせいで、考えていたことをそのまま言葉にしてしまった。はっとして口をつぐんだけれど、もう遅い。

「性欲って……」

翔真さんが驚いたように言葉につまり、そしてゴホゴホと咳き込んだ。

うつむいて口元を押さえた顔がわずかに赤らんでいるのが見えて、彼もかなり動揺しているのが伝わってきた。

「す、すみません、変なことを言って！　忘れてください！」

　恥ずかしくて頬が熱くなる。

　両手で顔を隠して謝ると、翔真さんは自分を落ち着かせるように深呼吸をしてから「いや」と首を横に振った。

「どうしてそんなことを考えてたの？」

　翔真さんは私の失言を聞き流すつもりはないようだ。静かに問われ、おそるおそる口を開く。

「結婚して三カ月が経つのに、いっさいそういう気配がないので。翔真さんは私なんかじゃその気になれないのかなと不安になって……」

　あきれられるんじゃないかとドキドキしていると、翔真さんはゆっくりと息を吐き出した。

「あぁ。悩ませて悪かった。彩菜に無理をさせたくなかったんだ」

「どういう意味ですか？」

「俺たちはお互いに好意を持っていたわけじゃなく、家の事情で結婚をした。そうだよね？」

　事実を確認するように問われ、「はい」とうなずく。

「だから、俺は彩菜が妻になってくれただけで十分だと思ってる」

「十分……」

「彩菜だって、好きでもない男に抱かれるのはいやだろ？」

その言葉に、『好きでもないどころか、一緒にいるだけで冷静でいられなくなるほど大好きです！』と言い返したくなる。

だけど、そんな重たい好意を押しつけられても迷惑だろうと必死に言葉をのみ込んだ。

なんとか落ち着こうと深呼吸をしたあと、「……そんなことないです」とうつむきながら答える。

「ほら、無理してる」

「し、してません」

「じゃあ、俺に抱かれたい？」

直接的な問いかけに、頬が一気に熱くなった。きっと私の顔は真っ赤になっていると思う。

ここで黙り込んだら、翔真さんは私を抱くことはないだろう。ちゃんと気持ちを伝えなきゃと勇気を振り絞る。

「だ、抱いてほしい、です」

たどたどしい私の言葉に、翔真さんが驚いた表情を浮かべた。私が抱かれたがるなんて、予想外だったんだろう。

こんなお願いをしてしまった自分が恥ずかしくて、慌てて言い訳を付け加える。

「あの、子どもが！」

「子ども？」

唐突な言葉に翔真さんが首をかしげた。

「せっかく結婚したんですから、子どもがほしいです。うちの家族や翔真さんのご両親も、きっとかわいい孫を期待しているでしょうし……」

私の必死の説明を聞いて、翔真さんが「そうか。子どものためか」と納得したように肩を下ろす。

「結婚してから今まで、自分を抑えるのに必死でそこまで考える余裕がなかった」

「必死？　翔真さんが？」

彼はずっと余裕で落ち着いているように見えたけど。いったいなにを抑えていたんだろうと不思議に思う。

私が困惑しているうちに、翔真さんは自分の気持ちを整理するように息を吐き出す。

そして私を見つめ口を開いた。

「わかった。じゃあ、これからはしようか」

穏やかな声でそう言われ、「……はい。ぜひ。お願いします」と緊張しながらうなずく。

「都合のいい日はいつ？」

「都合の？」

まるで仕事のスケジュールを確認するような冷静な問いかけに、一瞬きょとんとする。

「生理周期とか排卵日とか、いろいろあるだろ」

「あ。そうですよね……！」

子作りを口実にしたんだから、その辺のことをちゃんと調べないとおかしいよね。

動揺しながらスマホを見る。

生理前になると頭痛に悩まされることが多い私は、体調が管理しやすいように生理周期を記録するアプリを入れていた。

その画面を開くと前に生理が始まったのは二週間前。ということは……。

「あの、今日がその」

「排卵日？」

　私がうなずくと、翔真さんが小さく笑った。

「狙ったようなタイミングだな」

「いえ、決して狙ったわけじゃなく、本当にたまたまで……っ！」

　これじゃあ私が抱いてほしくてたまらなくて、わざと今日この話題を持ちかけたみたいだ。

　顔を真っ赤にして説明する私を見て、翔真さんが「わかってるよ」と優しく笑った。

　そしてこちらに手を伸ばす。

　彼の長い指が頬に触れた。それだけで肩がぴくんと揺れてしまう。

「あの、翔真さん……」

　ドキドキしながら彼を見上げる。いつも涼し気な黒い瞳が、いつもとは違う熱を帯びている気がした。

「じゃあ、今日は俺の部屋で寝る？」

　耳元でそう問われ、大きく音をたてる心臓を押さえながらうなずいた。

　翔真さんの寝室に移動すると、彼は私を優しく押し倒した。

柔らかいマットレスに体を沈ませ、ドキドキしながら翔真さんを見上げる。目が合うと彼は私を安心させるように笑ってくれた。

は――……。本当にかっこいい……。

幼いころから知っていて、一緒に暮らして三カ月になる。

そろそろ翔真さんの魅力に慣れてもおかしくないはずなのに、私の心臓は彼を見るだけでドキドキと激しく高鳴る。

ベッドに膝をついた彼は、私を見下ろしながらシャツを脱いだ。そして乱れた髪をかきあげる。

しなやかな筋肉がついた引き締まった体に、思わず「はぁ……っ」とため息がもれた。

あああああ……。顔だけじゃなく、体つきまでかっこいいなんて反則では……！

「どうかした？」

「いえ、あの。すごく鍛えているんだなと思って」

「あぁ。ずっと剣道をやって来たからかな。今は時間のあるときに軽いトレーニングしかしてないけど」

そう言われ、剣道に打ち込んでいた学生時代の翔真さんを思い出す。

すっと背筋を伸ばした立ち姿。芯が通った立ち姿。真剣な表情。

何度か応援に行ったけれど、試合中の彼は凛とした空気をまとっていて、面で顔を隠していてもほれぼれするほどかっこよかった。

「素敵でしたよね、剣道をする翔真さん。全国大会で優勝したときのことを今でもはっきり覚えてます」

それは彼が大学生だったとき。

全国から集まった猛者《もさ》が二百名近く参加するトーナメントを勝ち上がり、まだ一年生だった翔真さんが個人の部で優勝した。

会場の『日本武道館《にっぽんぶどうかん》』は、彼の勇姿をひと目見ようと集まった観客たちでいっぱいだった。

彼に片想いをする女の子たちが数えきれないくらい詰めかけ、熱烈な声援を送っていて、まだ中学生だった私はその熱気に圧倒された。

同じ大学の生徒だけじゃなく、周囲の大学に通う女の子たちも応援に来ていたらしい。

翔真さんの名前を呼ぶ女の子たちはみんな大人びて見え、自分の幼さを思い知った。

中でもひと際大きな声で声援を送る女の子がいた。背が高くとても綺麗な人だった。

大学に通う彼の周りには素敵な女の子たちがこんなにたくさんいるんだ……。

そのとき覚えた身を焦がすような感覚は、生まれて初めての嫉妬《しっと》だったんだと思う。

武道館の中央に用意された正方形の試合場。たくさんのカメラや観客の注目が集まる中、翔真さんは面をつけ、対戦相手に綺麗な一礼をしてから前に出る。

竹刀《しない》を構えた彼には一分の隙もなく、息をのむほど美しかった。

張り詰めた緊張感の中試合が始まる。はだしが床をける音。竹刀がぶつかる音。ふたりの間で交わされる打突の速さに、なにが起きているのかもわからないほどだった。

白熱する試合を見つめ、私は両手を握りしめ祈る。

翔真さんが一歩踏み出し竹刀が相手の面を打つと同時に、三人の審判の旗があがった。そして、それまで静まり返っていた会場が、大きな歓声に包まれた。

会場全体がわき立つ中、翔真さんだけが冷静だった。姿勢を正し一礼をする。その行動からは相手への敬意が感じ取れた。

ただ強いだけじゃない。優しくて誠実で真面目で。そんな彼が本当にかっこよく見えた。

その姿は今でも鮮明に思い出せる。

私が興奮しながら話していると、翔真さんがくすくすと笑った。

「そんな昔のことをよく覚えてるな」

覚えているに決まってる。

私は小さなころからずっと翔真さんに憧れてきた。だけどあの瞬間、憧れは恋になった。

少しでも大人っぽく見られたいと意識しすぎて、翔真さんの前ではぎこちない態度をとってしまうようになったのも、たぶんそのころから。

そしてそれから十三年。

私は今でも翔真さんに片想いをし続けている。

でもこの気持ちを伝えるわけにはいかない。私が彼を好きだと知ったら、優しい彼に気を使わせてしまうから。

そんなことを考えていると長い指が私の頬に触れた。翔真さんの整った顔が近づいてくる。

あ。これからキスをされるんだ。そう気付いて、緊張で体が硬直した。

こんなに近くで彼を見つめたのは初めてかもしれない。

この超至近距離で見てもかっこいいってどういうこと?と軽くパニックになる。

だめだ。こんなに美しいものを直視し続けたら血管が破裂する……っ。

命の危険を感じぎゅっと目を閉じると、翔真さんが動きを止めた。

いつまで経ってもキスをされる気配はなくて、どうしたんだろうとおそるおそる目を開けると、彼は少し寂しそうな表情をしていた。

「翔真さん……?」

声をかけると彼はすぐに優しく微笑み、「なんでもないよ」と私の髪をなでてくれる。

「大丈夫。いやがることはしないから」

そう言ってゆっくりと身をかがめ、唇ではなく私の首筋にキスをした。

柔らかい唇の感触に、「んっ」と声がもれ体が震える。翔真さんの唇がゆっくりと下に移動していくにつれ、私の口からもれる声が湿り気を帯びていく。

これから翔真さんに抱かれるんだという実感がわいてきて、どうしていいのかわからないくらい緊張していた。

パジャマのボタンが外され、翔真さんの長い指が私の胸の膨らみに触れた。下着の上から優しくもみしだかれると甘い吐息が止まらなくなる。

どこに触れられても甘い電気が走り、体の中心が熱くとろけていく。自分の体が制御できなくて、おかしくなってしまいそうだ。

「あ、待って……」

「いや？」

問いかけに、涙を浮かべながら首を横に振る。

「気持ちよすぎて恥ずかしいです……っ」

必死にそう言った私を見て、「かわいいね」と翔真さんが笑った。

下着が取り払われ、肌がさらされる。男の人に体を見られるのは初めてで、羞恥で頬が熱くなった。

翔真さんに敏感になった胸の先端をなでられ、快感に体を震わせながら「も、もう無理です……！」と悲鳴をあげた。

「どうして？」

「恥ずかしすぎて耐えられないです……っ」

翔真さんにこれ以上のことをされたら、確実に理性が崩壊する。

「これからもっと恥ずかしいことをするのに？」

「せ、せめて電気を暗くしてくださいっ」

お願いすると不満そうな顔をされた。

「だって、明るい状態で翔真さんにこんないやらしいことをされるなんて無理です……！」

半泣きでそう訴えると、翔真さんの表情がするどくなる。

「それは、俺以外の男にならされてもいいって意味？」

「え、ちが……」

低くなった声に驚いて目を瞬かせる。

「ベッドの中で嫉妬心を煽《あお》るようなことを言わないほうがいい。必死に理性を奮い立たせてるのに、抑えが利かなくなる」

私を見下ろす翔真さんは、息をのむほど色っぽかった。

整った顔にはいつもの穏やかさはなく、嫉妬と欲望が浮かんでいた。獲物を前にした獣のような、危険で官能的な視線。

こんなふうに感情をむき出しにした彼を見たのは初めてだった。

翔真さんが魅力的すぎて、頬が熱くなり頭がくらくらしてくる。

「待って、もう、本当に無理です……っ！」

こんなにかっこいい翔真さんに抱かれるなんて無理！　感情が大爆発して『大好き』と泣き出してしまいそうだ。そんなことになったら、絶対に引かれる。

私が必死に訴えると、翔真さんが動きを止めた。

動揺しすぎて涙で濡れた私の目元を優しく拭い、ゆっくりとため息をつく。

「そんなに俺に抱かれるのはいや？」

「い、いやではないです！　ただ、緊張と恥ずかしさで卒倒しそうで……！」

「卒倒されるのは困るな。この状況で意識を飛ばされたら、本当に歯止めが利かなくなりそうだから」

彼は小さくそう言い、ベッドサイドにあったリモコンに触れ照明を落としてくれた。

薄暗くなったおかげで、翔真さんの輪郭が闇に溶け曖昧になる。これなら少しは理性を保っていられそうだ。

「これでいい？」と問われ、ほっとしながらうなずく。

翔真さんのたくましい体が覆いかぶさって来て、ぎゅっときつく抱きしめられた。

肌と肌が触れ合うのが気持ちよくて、自然とため息がもれる。

強張っていた私の体から力が抜けたのに気付いたんだろう。翔真さんがゆっくりと愛撫を再開する。

この暗さなら翔真さんの顔は見えないし、私がどんな表情をしているかもわからないだろう。その安心感のせいか、体が素直に反応してしまう。

「んん……っ！」

翔真さんの指が私の肌に触れるたび、背中がしなり声がもれる。

そんな私を見下ろした翔真さんは「すごいね」とつぶやいた。

「さっきよりもずっと敏感になってる。そんなに気持ちいいんだ？」

私の体の奥まで指を差し入れ、反応をたしかめるように愛撫をしながらそう言う。

恥ずかしいのに、その言葉を肯定するように体の内側が勝手に収縮し、彼の指を締めつけてしまう。

どうしよう。気持ちよすぎて言葉にならない。

与えられる快感に翻弄《ほんろう》される私を見て、翔真さんが静かにつぶやいた。

「……暗ければ俺の顔を見ずにすむし、声だけなら似てるもんな」

葛藤を押し殺すような声に、不思議に思って視線をあげる。

似てるって。いったい誰に……？

そう思ったけれど、暗闇のせいで翔真さんの表情はわからない。差し込まれた指に敏感な部分を刺激され思考が快楽に溶かされていった。

それから翔真さんと私は子作りのために抱き合うようになった。

とはいえ、するのは月に一度だけ。だから、初めての夜を含めても、まだ三回しかしていない。

生理周期を記録するアプリを共有しているので、排卵日が近くなると翔真さんから誘ってくれる。

彼に抱いてもらえるのがうれしい半面、義務として押しつけてしまっている気がして申し訳なくもあった。

だって翔真さんは私を抱いてくれるけど、唇にキスをしてくれたことは一度もないから。子作りのためのセックスに、キスは必要ないと思っているんだろう。

翔真さんに組み敷かれるたびに甘い快感に溶かされながら、『愛しているから抱いてくれるわけじゃない』と必死に自分に言い聞かせていた。

月に一度の約束

来年創業五十年を迎える吉永自動車は、今までのグループ会社のあゆみを記録するために記念誌を作っている最中だった。

広報の私はその記念誌制作チームのひとりとして、取引先などへの取材や原稿執筆の依頼を担当している。

会社でパソコンに向かいメールの確認をしていると、左手首にはめたブレスレットが視界に入った。昨日翔真さんがくれた、細いチェーンのブレスレット。

そのブレスレットが目に入るたび、翔真さんから『明日は一緒に寝よう』と誘われていたことを思い出す。

今日は翔真さんに抱かれるんだ。そう思うだけで鼓動が速くなる。

普段は紳士的でさわやかな翔真さんだけど、ベッドの中の彼はぞくっとするほど男らしくて色っぽい。

そのギャップが本当にかっこよくて、毎回ドキドキしてしまう。

私の旦那様は魅力的すぎて反則では……。とこぶしを握りしめていると、隣に座る萌絵さんに声をかけられた。

「彩菜ちゃん、それ素敵ね」

彼女の視線は私の左手首のブレスレットに向けられていた。

「副社長からのプレゼント？」

慌てて頭の中の煩悩《ぼんのう》を振り払い「はい」とうなずく。

「外出先でたまたま見つけて、素敵だったからって買ってきてくれたんです」

「たまたまって。それ限定品でなかなか手に入らないはずよ」

「え？　そうなんですか？」

「そのブランド日本ではまだあんまり知名度が高くないけど、世界的にはすごい人気なの知らない？」

ヨーロッパの王族やセレブたちが愛用しているブランドだと教えられ、私が想像していた以上に高級なものと知り絶句する。

「そんな高いものをさらっとくれるなんて……」

翔真さんの金銭感覚はいったいどうなっているんだろう。青ざめる私の隣で、萌絵さんが目を輝かせた。

「きっと副社長は、倹約が好きな彩菜ちゃんに贅沢を覚えさせる作戦なのね」

「私に贅沢を？」

「いつも高価なプレゼントをくれるし、ほしいものはなんでも買っていいってカードも渡されているんでしょう？」

「そうですけど……」

「副社長は彩菜ちゃんに贅沢な暮らしに慣れさせて、自分なしでは生きていけないようにしたいんだわ。財力にものを言わせて依存させようとするなんて、さすがセレブな御曹司！」

熱く語る萌絵さんに、困惑しながら口を開いた。

「萌絵さん。ドラマの見すぎだと思いますよ」

萌絵さんは優しくていい先輩だけど、ときどきよくわからないスイッチが入って妄想が止まらなくなることがある。

「私たちはすでに夫婦なんですよ。しかも政略結婚。翔真さんが私を依存させてもなんの得にもならないじゃないですか」

私が冷静に否定すると、萌絵さんは「わかってないわね」と人差し指を横に振る。

「執着愛は損得や理屈じゃ説明できないの。愛している人が自分から離れようなんて思えなくなるように、囲い込んで甘やかしてじわじわ依存させたいのよ」

妄想が楽しくて仕方ないというように、萌絵さんはきつくこぶしを握りながらしゃべり続ける。

「それに、プレゼントがチェーンのブレスレットっていうのもいいわよね。手錠をかけて鎖《くさり》で繋いでおきたいって願望のあらわれでしょ。さわやかで穏やかなあの副社長が、自分の妻に対してだけは激重な執着愛を抱いているなんて萌えるわー！」

興奮する萌絵さんに「なにを言ってるんですか」と苦笑いをする。

「翔真さんが私に執着しているわけがないですよ」

否定すると萌絵さんは「えー。そうかなぁ」と不満そうに私を見た。


仕事を終え自宅に帰るために駅へ向かって歩いていると、うしろから肩を叩かれた。

「おねーさん。お茶しない？」

そう言われ振り返る。背の高い男の人が私を見下ろしていた。

柔らかそうな茶色の髪に、顔を隠すようにかけた薄く色の入った丸眼鏡。その奥にあるのは甘い印象の整った顔。

この人は……。と一瞬考えてから驚いて声をあげた。

「悠希！」

名前を呼ばれた悠希は「バカ。声がでかいって」と私の口を押さえた。

「会社のそばで名前を呼んだら、帰国してるってバレるだろ」

「バレるって……。内緒で日本に帰って来たの？」

吉永自動車の専務を務める悠希は、一年ほど前から北米支社を拠点にして働いている。

吉永自動車のブランドは海外でも強い人気を誇り、北米での販売台数は国内販売台数の倍以上だ。

そんな重要な北米支社で働く悠希は翔真さんに負けないくらい忙しいはずなのに、どうしてこんなところにいるんだろう。

不思議に思う私に、悠希は「急にまとまった休みが取れたから帰って来たんだ」と言いながら笑う。

「眼鏡なんてかけてるから、一瞬誰かわからなくてびっくりした」

「知り合いに会うと面倒だから、軽い変装。ナンパかと思った？」

私をからかう悠希に「まさか。私をナンパする人なんていないから」と苦笑した。

「そうか？　広報で働いていたら、社外の男とも知り合うだろ。普通に声かけられない？」

「そんなこと一度もないよ。それにほら、ちゃんと指輪をしてるし」

　左手を持ち上げ見せると悠希は納得したように笑った。

「なるほど。いつ見ても自己主張の強い結婚指輪だよな」

「私にはもったいないくらい綺麗だよね」

　緩やかな曲線に沿って小さなダイヤが埋め込まれたプラチナの結婚指輪は、一流ブランドのものだ。具体的な値段は教えてもらってないけれど、絶対高いと思う。

「指輪もだけど、お前の服や靴って全部兄貴が選んでるんだろ」

「うん」

「あいつ、ほんと策士だよな」

　おもしろがるように笑われ、意味がわからず首をかしげた。

「どういう意味？」

「いくらお前が綺麗でも、高い結婚指輪はめて、頭のてっぺんから足先までこんなにセンスがよくて上質なものを身に着けていたら、そこそこの稼ぎの男じゃ気後れして声もかけられないだろうなって意味」

「ん？」

「見るからにブランドものじゃなく、見る人が見れば高級ってわかるラインを選んでるあたりがほんと腹黒い」

「んん?」

苦笑する悠希に首をかしげていると、「さっさと行こう」と私の腕を掴んだ。

「この辺会社のそばだから、知り合いに見つかりたくない」

勝手にやって来たくせにと思いつつ、彼にうながされ歩き出す。

「どこに行くの?」

「お前んち。腹減ったからなんか作って」

強引でマイペースな彼にあきれながら「いいけど」とうなずく。

「料理してくれる女の人なら、ほかにもたくさんいるでしょう?」

硬派で誠実な翔真さんと違い、悠希は欲望のままに生きる悪い男だ。友人以上恋人未満みたいな女性がたくさんいるらしい。

彼がお願いすれば、よろこんでご飯を作ってくれる女の人はすぐに見つかるだろう。

「まぁ、たしかにいるけど」

「そういう女の人、何人くらいいるの?」

たずねると悠希は「知りたい？」と首をかしげて私を見下ろした。意地悪な表情が色っぽく見えて、少しだけどきっとする。

「そのうち刺されるよ」

顔をしかめた私を見て、「そんなバカじゃねぇよ」と笑った。

まったく。相変わらず自由人なんだから。

「なにか食べたいものあるの？」

「カレーがいい。市販のルーで作る普通のカレー。辛口だけどリンゴとはちみつが隠し味です、みたいなスタンダードなやつ」

そう言われ、「んー」と口ごもる。

「だめ？」

「だめじゃないけど……。昨日もカレーだったんだよね。実家から送られてきた野菜で作った無水カレー。二日連続でカレーだと翔真さんが飽きちゃいそう」

「大丈夫だろ。俺、カレーなら一週間続いても全然食える」

「翔真さんと悠希は違うから」

おおざっぱで豪快な悠希とは違い、翔真さんは思慮深く繊細だ。二日続けてカレーを作ったって文句を言ったりしないだろうけど、心の中では不満を抱くかもしれない。

「カレー以外のものにしない？」

私がそう言うと、悠希が拗《す》ねた顔をした。

「アメリカだとスパイスたっぷりの本格的なカレーしかないから、普通の家庭のカレーが恋しいんだよなぁ。あの懐かしい味を食べたかったのになぁ……」

おおげさに肩を落とし、しょんぼりした表情で私を見る。

ずるい。そうやって拗ねられると私が悪者みたいだ。捨てられた子犬のような顔をする悠希としばらく見つめ合い、根負けしてため息をついた。

「もう。わかった。作ってあげる」

私が仕方なく折れた途端、悠希が笑顔になった。

「やった」

うれしそうな笑顔につられて私も笑ってしまう。

悠希は昔からこんなふうに強引で身勝手だけど、人懐っこくて憎めないところがある。自然体で人の懐に入り込んでみんなを味方につけてしまう、いわゆる人たらしだ。

「なんか買い物してく？」

「お野菜はあるから、カレーのルーとお肉を買いたいかな」

「了解。スーパー寄ってくか」

そう言ってふたりでスーパーに入る。ガラガラとカートを押す悠希は楽しそうに店内を見回す。

「日本のスーパーひさしぶりだ。カートも商品も小さ！」

「そんなに感激する？　ちょこちょこ帰国してるのに」

悠希は半年前の私の結婚式に参加してくれたし、二カ月前に日本で行われたモーターショーのときも帰って来ていた。

「こっちに帰って来たらあちこち挨拶に連れ回されて、スーパーをぶらぶらする暇なんてない」

悠希の言葉に「たしかに」と納得する。

普段日本にいない分、帰国したときにはたくさんのスケジュールを詰め込まれていつも大変そうだったっけ。

悠希はカートを押しながら、目に入った商品をどんどんカゴに入れていく。

「見たことない新商品がいっぱいある。おもしろい」

「買うのはいいけど、そんなに食べきれる？」

「大丈夫大丈夫。俺が払うし」

「ひさしぶりに帰って来たんだから、これくらい私が払うよ」

「マジで？　じゃあもっと買おうっと。あとで酒屋も寄っていい？　日本酒飲みたい」

まったく遠慮しない彼に、苦笑しながらうなずく。

悠希が気になったものを片っ端から手に取るおかげで、カゴはあっという間にいっぱいになった。

レジで支払いのためにクレジットカードを出そうとして、黒いカードに目が留まる。

いつもは独身時代から使っている自分のカードで払っているけど、翔真さんから『渡したカードを使ってほしい』と言われていたっけ。

「どうした？」

動きを止めた私の手元を、悠希がのぞき込む。

「あ、どっちのカードを使おうかなと思って」

「黒いほうは兄貴から渡されたやつ？」

「うん。翔真さんの支払いになるのが申し訳なくて、まだ一回も使ってなかったんだけど……」

「素直に使っとけよ。そのほうが兄貴もよろこぶから」

「そうかな」

悠希に背中を押され、初めて翔真さんのカードを使った。

荷物が大量になったので、タクシーを掴まえ自宅に帰る。荷物をキッチンまで運んだ悠希は、興味深そうに室内を見回した。

「いいマンションだな。ここ、兄貴とふたりで選んだの？」

「ううん。翔真さんが用意してくれたの」

結婚を前に住む場所の希望を聞かれ、『とくにないです』と答えると翔真さんが部屋を探してくれた。交通の便がよく、セキュリティーも万全の高級マンション。ちなみにインテリアはコーディネーターさんに好きなテイストを伝えて揃えてもらった。

そう言うと、悠希は「なにからなにまで完璧で用意周到な兄貴っぽい」と笑った。

キッチンで料理を始めた私を、悠希がカウンターに頬杖をつきながら眺める。

「そうだ。日本にいる間ここに泊まっていい？」

相変わらず自由な悠希にそう言われ、「え。だめ！」と反射的に拒否してしまった。

　だって今日は翔真さんに抱いてもらう約束をしていた。月に一度だけの貴重な日だ。

　悠希が泊っている間はさすがにそんなことはできないから、きっと翔真さんは来月にしようと言うだろう。

　そんなのいやだと思い咄嗟《とっさ》に首を振った私に、悠希は「どうして？」と不満そうにたずねた。

「今日の夜は予定があるから……っ」

「予定って？　兄貴とどっかに出かけんの？」

「そ、そういうわけじゃないけど」

　翔真さんに抱かれる約束をしているから、なんて言えるわけもなく視線をさまよわせながら言い訳を考える。

「ええと、部屋がないからリビングのソファで寝てもらうことになるし……」

「ここ、３ＬＤＫなのにゲストルームないんだ」

　廊下に並んだドアの数で、だいたいの間取りがわかったんだろう。悠希。不思議そうな顔でこちらを見る悠希に説明をする。

「ひと部屋が翔真さんの書斎で、あとはそれぞれの寝室として使ってるの」

「新婚なのに別の部屋で寝てんの？」

「うん。翔真さんは仕事を家に持ち帰って遅くまで起きてることもあるし、一緒の部屋で眠って私を起こすのは申し訳ないからって」

「えー。俺は結婚したら毎日一緒に寝たいけどな。夜寝るときも朝起きたときも、ベッドの中でいちゃいちゃしたい」

そんなことを言う悠希に「意外」と目を丸くする。

「なんで意外だよ」

「悠希はいつもいろんな女の子と遊んでるから……」

「やることやったら、そっけなくなるタイプだと思ったか？」

おもしろがるような表情で聞かれ、素直に「うん」とうなずく。

気分屋で遊び人の悠希は、特定の恋人を作る様子もなく身軽に恋愛を楽しんでいた。

言い寄ってくる女の子がいれば相手をして、飽きたら別れる。その繰り返し。

そんなひどい男のくせに、別れた女の子から恨まれたり憎まれたりしないのは、彼の人懐っこさと魅力のせいなんだろう。そういうところを含めて本当にずるい男だ。

「俺だって、本命の相手ができたらちゃんと大切にするよ」

「へぇ。そういう人ができたことあるの？」

私がたずねると、「いやいないけど」と首を横に振った。

「だから、本命ができるまでもうちょっと遊ぶつもり」

相変わらずな悠希に苦笑する。

「彩菜は兄貴と一緒に寝たくないのか？」

悠希に問いかけられ、翔真さんとそんな生活をしたらと想像する。

「それは、一緒に寝たいけど……」

翔真さんと一緒のベッドに入り『おやすみ』と挨拶をして腕枕してもらいながら寝たり、朝起きて目を覚ましたら翔真さんの美しい寝顔がすぐ横にあったり……。

そう考えた私は、思わず「無理っ！」と悲鳴をあげた。

「そんな幸せな生活を送っていたら興奮と緊張で一睡もできないし、ドキドキしすぎて寿命が縮んじゃう‼」

「彩菜はほんと兄貴が好きだよなぁ。俺だってそこそこいい男なのに見向きもしてくれないし」

「だって、翔真さんは優しくてかっこよくて紳士で完璧だもん。悠希と比べるまでもないよ」

悠希みたいな意地悪でちょっと悪い男に惹かれる女性もいるんだろうけど、私は絶対に翔真さんがいい。

きっぱりと言い切る私を見て、悠希はあきれたように笑った。

「彩菜が兄貴に惚れたのって、剣道の大会のときだろ。あれから十年以上ずっと気持ちが変わらないってすごいよな」

そう言い当てられ、「な、なんで……？」と動揺しながら悠希を見た。

「お前わかりやすいもん。あの試合、彩菜の隣で一緒に見てたじゃん。決勝が終わって面を取った兄貴が観客席を見上げて、彩菜に向かって『勝ったよ』って口の動きだけで言ったとき、お前完全におちただろ」

そのときのことを思い出すと、今でも鼓動が速くなる。

試合を終えた翔真さんが、私を見上げて笑いかけてくれた。観客席には応援に駆けつけたたくさんの女の子たちがいたのに、私だけに向けて『勝ったよ』と言ってくれたのがうれしかった。

「だって、あんな大人数に見守られながら真剣勝負をしたあとに笑いかけてくれるなんて、反則じゃない……⁉」

あんなの、好きにならないわけがない。

「あのあとからお前、メイクとかファッションとかいろいろ迷走し始めたよな」

悠希にそう言われ、頬が熱くなる。

会場に来ていた大人っぽい大学生たちに劣等感を抱き少しでも背伸びしたくて、メイクをがんばっていた時期があった。

たくさんいる悠希の女友達に相談して、真っ赤な口紅をぬったり眉をきりっとかいたりいろ試し、色っぽくて露出が多い服装にチャレンジしたりもした。

「そんなこと思い出さなくていいから……っ！」

黒歴史がよみがえり悲鳴をあげる。

「あちこち買い物に付き合わされて、かなり迷惑だったんだからな」

「それは、本当にごめん」

男の人の意見を聞きたくて、悠希には何度も買い物に付き合ってもらったっけ。結局童顔の私には濃いメイクも色っぽい服装も似合わないとあきらめたけど。

「あのころはまだ子どもだったんだよね。憧れの翔真さんに異性として見てもらいたくて、一生懸命だったなぁ」

懐かしくてため息をつくと、悠希に鼻で笑われた。

「それは今でも変わってないじゃん。兄貴の前だと緊張して真っ赤になる癖まだ直ってないんだろ？」

痛いところをつかれ「うるさいなぁ」と顔をしかめる。

「とりあえず、うちには泊められないから違う場所を探してね」

「あーぁ。結婚して彩菜は冷たくなったな。ひさしぶりに兄貴と男同士でゆっくり話でもしようと思ったのに」

ふてくされた顔を見て、罪悪感がわいてくる。

私が翔真さんに抱いてもらいたいから、という理由で勝手に断ってしまったけど、翔真さんに聞いてから決めたほうがよかったかな……。

そんなことを考えていると、悠希がカウンターに肘をつきキッチンをのぞき込んだ。

「腹減ったんだけど、まだカレーできないの？」

「そんなすぐできるわけないよ。早く食べたいなら、見てるだけじゃなくて手伝って。こっちに来てリンゴをすってよ」

「えー。俺が？」

「隠し味にリンゴを入れてほしいんでしょう？」

強引に悠希をキッチンに呼び、リンゴとすりおろし器を手渡す。

「すりおろすの面倒くさい。ふつうに切ればよくない？」

そう言いながら、悠希がリンゴを私に返してきた。

「切って入れたら隠し味にならないよ」ともう一度リンゴを渡す。

「たしかに」

そんなやりとりをしていると、リビングのドアが開いた。顔をあげると、翔真さんが少し驚いた表情でこちらを見ていた。

「あ、翔真さん。おかえりなさい！」

慌てて手を洗い、彼のもとへ駆け寄る。

「すみません。悠希と話していたせいで、ドアが開く音に気付けなくて……」

「いや、いいよ」

翔真さんは優しく微笑んでから、悠希に視線を向けた。

「悠希、日本に帰ってたのか」

「あぁ。さっき着いたばっかり。ご飯を食べさせてもらおうと思って、会社帰りの彩菜を待ち伏せしたんだ」

悪びれもせずそう言う悠希に、翔真さんは顔をしかめる。

「いきなり押しかけるんじゃなく、来るなら来るって前もって連絡しろよ」

「いいじゃん。今更気を使うような仲じゃないし」

悠希に「な？」と笑いかけられ、たしかに悠希には気を使わないなと思いながらうなずいた。それを見ていた翔真さんは、なぜか複雑そうな表情を浮かべた。

「兄貴。彩菜が料理の手伝いしてほしいんだって。俺の代わりにリンゴすって」

そう言ってリンゴを放り投げようとする悠希に、私は慌てて首を横に振る。

「なに言ってるの。お仕事で疲れてる翔真さんに手伝いなんてさせられないから！」

「えー。俺だって時差と長時間フライトで疲れてるんだけど。兄貴と俺に対する扱いが違いすぎない？　贔屓《ひいき》だ」

「翔真さんを贔屓するのは当然でしょう！」

そんな言い合いをしていると、翔真さんが「俺でよければ手伝うよ」と言ってくれた。

ジャケットを脱ぎキッチンへとやって来る。

背の高い彼が私の隣に並び、シャツのそでをめくり手を洗う。その姿を見て、思わず「んん……っ！」と声をもらしてしまった。

シャツにベスト姿の翔真さんがキッチンに立っているというレア感、たまらないんですけど……！

「どうかした？」

私の反応を不思議に思った翔真さんにたずねられ、「い、いえ。なんでもないですっ」と取り繕う。

「リンゴをすればいい？」

「はい。あの、手をケガしないように気を付けてくださいね」

「大丈夫だよ」

翔真さんは心配する私に笑いかけ、リンゴとすりおろし器を手に取る。私が冷蔵庫の中から食材を取り出していると、「あ」と小さく声をもらした。

「ネクタイを外せばよかった」

翔真さんはそう言って自分の首元を見る。ベストを着ているとはいえ、かがむとネクタイが少し邪魔そうだ。

「外してやろうか？」

カウンターに頬杖をつきこちらを見ていた悠希が言うと、翔真さんは「いや」と穏やかに首を横に振る。そして私を見下ろした。

「彩菜。外してくれる？」

お願いされればぶわっと頬が熱くなる。私が翔真さんのネクタイを外していいんですか……！

「は、はいっ」

動揺を隠しながらうなずき、翔真さんに向き合う。彼は長身だから、私の視線の高さがちょうどネクタイの結び目くらいだ。

たくましい胸板や綺麗な首筋を至近距離で見て心拍数があがった。

深呼吸をしながら手を伸ばしネクタイを緩めようとする。だけど緊張のせいでうまく結び目が解けなかった。

「あれ？」

混乱しながら首をかしげると、頭上で翔真さんがくすくすと笑う。

「解けそう？」

早くしなきゃと思うのに、焦れば焦るほど結び目は固くなる。

「すみません。慣れてないので……っ」

半泣きで謝る私に、翔真さんが静かに笑った。

「じゃあ、今度教えるよ。ネクタイの結び方も、解き方も」

耳元でそうささやかれ、心臓が大きく跳ねた。至近距離で聞く翔真さんの声のあまりの色っぽさに動揺してしまう。

思わず後ずさりしたとき、スリッパがすべり体勢が崩れた。倒れそうになった私の腰を、翔真さんが抱き寄せる。

翔真さんが私を腕の中に抱き見下ろしていた。

「大丈夫？」

端正な顔にのぞき込まれながら問われ、全身の血が頭にのぼる。

「す、すみませんっ！」

転びそうになった私をすかさず抱きとめてくれるなんて、王子様みたいだ。本当にかっこよすぎる！

そんなやりとりを見ていた悠希が、あきれたようにため息をついた。

「そうやって、わざといちゃついて見せつけんなよ」

悠希の言葉に「わ、わざとじゃないから……！」と慌てて否定する。

「いや、兄貴は絶対わざとだろ」

顔をしかめた悠希に向かって、翔真さんはにっこりと微笑んだ。

「そんなつもりはなかったけど、見せつけたように感じたなら謝るよ」

穏やかにそう言って私を抱き寄せていた腕を緩める。密着していた体が離れ、ほっと息を吐き出した。

「相変わらず独占欲が強いよな」

「独占欲じゃなく、大切にしているだけだよ」

「どうだか」

ふたりの会話の意味が理解できずに首をかしげる。

「なんの話ですか」

私の問いかけに、翔真さんは「なんでもないよ」と小さく笑った。

解き方を教えてもらいながらなんとかネクタイを外し、料理を再開する。

キッチンカウンターを見渡した翔真さんが、そこに置かれたカレールーの箱に目を留めた。

今すってもらっているリンゴがカレーの隠し味のためだと気付いたんだろう。納得したような口調で「あぁ。今日はカレーなんだ」とつぶやいた。

「あ。そうなんです！　悠希がどうしてもカレーが食べたいってわがままを言うので仕方なく……」

「仕方なくってなんだよ。彩菜は冷たいなぁ」

私の言葉を聞いて、悠希が不満そうな顔をする。けれど私は悠希からの視線を無視して翔真さんに頭を下げた。

「すみません。昨日もカレーだったのに、二日連続なんて飽きちゃいますよね」

「そんな気を使わなくて大丈夫だよ」

「でも……」

「昨日は野菜をたくさん煮込んでスパイスを使った無水カレーで、今日は家庭的なルーのカレーだろ。味がまったく違うし、彩菜が夕食を作ってくれるだけでうれしいんだから、カレーが数日続いたって気にならない」

優しく言われ、「よかった」と胸をなで下ろす。

「ほらな。俺もカレーなら一週間連続でも大丈夫って言っただろ」

自信満々にそう言った悠希に、思わず顔をしかめた。

「だから、おおざっぱな悠希と翔真さんを一緒にしないで」

そんなやりとりをしながらカレーを作り、三人で食卓を囲んだ。

「あー、日本のカレーうまぁ……！」

悠希は感激の声をもらしながら、私が作ったカレーを勢いよく食べる。ひさしぶりのカレーがよっぽどうれしいんだろう。

辛口のルーを使い隠し味にはちみつとリンゴを入れたので、しっかりとした辛さとほんのり甘みとコクもあるおいしいカレーになった。

悠希はカレーを食べながら、ビールを喉に流し込む。

トマトのピクルスやナスの浅漬けなんかの常備菜を小鉢に入れて並べると、悠希はその味が気に入ったらしく「もっとたくさん食べたいから大きい皿で出して」とお願いされた。

食べっぷりに感心している私の横で、翔真さんが口を開いた。

「悠希はどれくらい日本にいる予定なんだ？」

悠希はもぐもぐと口を動かしながら「四泊するつもり」と答える。

「その間、泊まる場所は？」

「あー、ここに泊めてもらおうと思ったんだけど、彩菜に今日の夜は用事があるからだめだって断られた」

その言葉を聞いて、翔真さんはこちらを見た。

「用事？」

不思議そうに問われ、「ええと、その」と口ごもる。

「用事というか、約束というか……」

翔真さんに抱いてもらう約束をしていたから、悠希が泊まるのを断ったと知られたらあきれられるだろうか。

　これじゃあ、翔真さんに抱いてもらいたくて仕方ないみたいだ。

　うしろめたさと恥ずかしさに視線を泳がせる私を見て、翔真さんが「あぁ」と笑った。昨日、私とした約束を思い出したんだろう。

　あのことね、というように目配せをされ頬が熱くなる。

　翔真さんは「そう。今日は大切な用事があるんだ」とにっこりと笑って悠希を見た。

「ふーん。本当に用事があるんだ。彩菜が俺を泊めたくないから嘘をついてるのかと思った」

「どちらにしろ、連絡もせず勝手におしかけられるのは迷惑だからやめてくれ」

　翔真さんにそう言われた悠希は、「兄貴も彩菜も冷たいな」と顔をしかめる。

「じゃあ、友達の家とかホテルとか適当に探す」

「ふらふらしないで、実家に帰ればいいだろ」

「俺が帰国してるって親に知られたら、親戚たちの会合だの知り合いとの飲み会だのに連れ回されるだろ。せっかくの休みなのに面倒くさい」

　うんざりした顔をする悠希を見て、翔真さんが静かに口を開いた。

「父さんたちが悠希を連れて歩くのは、お前がみんなから愛されてるからだろ」

翔真さんのその言葉に、少しだけ違和感を抱く。

たしかに、小さなころから悠希は人に好かれるタイプだった。学校でもプライベートでも、悠希はいつもたくさんの人に囲まれていた。

でも、翔真さんだって同じだ。ストイックで清廉な彼は少し近寄りがたいけれど、憧れ想いを寄せる人は私を含めたくさんいた。

それなのに、翔真さんの言い方はまるで愛されているのは悠希だけだと思っているみたいだ。

悠希も同じような違和感を抱いたんだろう。

「愛されてるのは、俺じゃなく兄貴だろ」とあきれたように言う。

「兄貴のほうがみんなから褒められてちやほやされてるじゃん。俺なんて親戚に会うたびに説教されるんだぞ」

「それが愛されてるってことだろ」

「えー。そんな愛いらねぇ……」

つぶやいた顔があまりにもいやそうでくすくすと笑っていると悠希に睨まれた。

「笑ってんじゃねぇよ。他人事だと思って」

ふてくされた彼に「ごめんね」と謝る。

「とりあえず、面倒くさいから俺が帰って来てることは内緒な」

「どうしようかなぁ」

「本当に頼むって」

私と悠希が話していると、翔真さんが立ち上がった。どこに行くんだろうと思い、

「翔真さん?」とたずねる。

すると彼は私を見下ろし「飲み物を取って来るよ」と優しく笑った。

翔真さんのグラスはまだ入っているのにと不思議に思ってから、私のグラスが空なのに気付く。

「炭酸水でいい?」

そうたずねられ、頬を熱くしながら「はい」とうなずく。

私の飲み物を取って来るためにキッチンへ行ったんだ。彼のスマートな優しさに、胸がきゅんと跳ねる。

「あー、もう。素敵すぎる……!」

キッチンにいる彼に聞こえないようにテーブルにつっぷし悶えていると、悠希に

「ほんと、うざいくらいラブラブだな」と悪態をつかれた。

「だって、あんな素敵で優しい旦那様、ほかにいる?」

「俺も結婚したら、あのくらいはするよ」

「いや、悠希は絶対しないと思う」

「なんの根拠もないのに断言すんな」

そんなやりとりをしている間に、翔真さんは冷蔵庫を開ける。そして中身を見て「すごいな」と苦笑した。

「あ、すみません。冷蔵庫の中いっぱいですよね」

慌ててそう言いキッチンへ向かう。

開いた冷蔵庫の中には、たくさんのお酒が詰め込まれていた。いろいろな種類のビールに、日本酒の一升瓶まで冷やされている。

普段我が家の冷蔵庫にお酒が入っていることはないので、ちょっと異様な光景だ。

「スーパーと酒屋さんに寄ったんですけど、悠希が目についたものを片っ端からカゴに入れちゃって……」

「だって、日本で買い物するのひさしぶりでおもしろかったんだもん。支払いは彩菜がしてくれるって言うし」

「そこは普通、遠慮するところだから」

「今更遠慮する関係でもないだろ」

悠希と話している最中に「そうだ」と思い出して翔真さんを見上げた。

「今日、翔真さんのカードを使わせてもらいました」

私が報告すると、「そう」と優しく微笑む。私がカードを使ったことをよろこんでいるようだ。

「はい。今日の買い物はほとんど悠希のものだったので、いいかなと思って」

続けて説明すると、翔真さんの表情が少し曇った。

「彩菜のものじゃなく、悠希のために使ったんだ」

「ええと、だめでしたか？」

戸惑いながらたずねる私に、翔真さんがかぶりを振る。

「いや。好きに使ってくれてかまわないよ。ただ、これからは彩菜が自分のものを買うときも、俺のカードを使ってほしい」

翔真さんは私を見つめながら言う。

「わかった？」

「わ、わかりました。なるべく翔真さんのカードを使うようにします」

翔真さんは小さく微笑み私の頭を軽くなでると、冷蔵庫を振り返る。

中にあるたくさんのお酒を見上げ、「それにしても、一日で飲める量じゃないな」とため息をついた。

「日本にいる間ここに泊るつもりで買ったのに、彩菜に拒否られたから」

なるほど。だからお酒とかお菓子とか、手あたり次第買っていたんだ。

「人の家に泊る気でいっぱいお酒を買うなんて、ほんと悠希は勝手だよね」

「残った分は、兄貴が飲めばいいだろ」

「でも、翔真さんは飲まないから……」

そう言った私に、悠希が不思議そうな顔をする。

「兄貴、最近飲んでないんだ。普通に酒好きじゃなかった？」

たしかに、翔真さんは仕事関係のパーティーや食事会ではお酒を飲んで帰って来ることがある。

だけど家ではまったく飲まないから、好きではないんだと思っていた。

「翔真さん、お酒お好きだったんですね。これからはお酒の用意もしますか？」

「いや。家で飲むつもりはないからいいよ」

お酒が好きなのに、家では飲むつもりはないなんて。どうしてだろうと不思議に思う。

私が飲まないから、合わせてくれているのかな。

「私に気を使わなくてもいいんですよ？」

「気を使っているわけじゃないよ。ただ自宅で酒に酔って、万が一理性が利かなくなるような状況になると困るから」

自宅で理性を保つ必要なんてあるんだろうか。私に気を使わず自然体でリラックスしてくれればいいのに。

「そうだ。余った日本酒は明日うちの実家に持って行こうか」

翔真さんに提案され、「あ。それがいいですね」とうなずく。

みんなお酒が好きだから、きっとよろこぶだろう。

「なに。明日実家行くの？」

「あぁ。彩菜のご両親も呼んで食事会をするんだ」

「私のお父さんがいいお魚をもらったから、翔真さんのご実家で板前さんを呼んで調理してもらうんだって」

父は有名な日本画家なので、熱心な支援者から贈り物をされることが多い。美術品やお酒が多いけれど、ときどき立派なマグロや和牛の大きなかたまり肉など、驚くようなプレゼントが届くこともある。

夫婦ふたりで食べきれないときは、こうやって翔真さんのご両親に声をかけ食事会をするのだ。

「うちの親と彩菜のおじさんたち、相変わらず仲いいよなぁ」

「悠希もせっかく帰国してるんだから、顔を出せばいい」

翔真さんがそう言うと、途端に悠希が顔をしかめる。

「え。絶対やだ」

即答で断った悠希に、「どうして？」とたずねる。

「だって、俺が行ったらあれこれ説教されるに決まってるじゃん。面倒くさい」

「お説教されるようなことをしている悠希が悪いんじゃないの？」

「うるさいなぁ。頼むから、俺が帰って来てるのは黙っててくれよ」

「黙ってる代わりになにしてくれる？」

冗談半分でそんな交換条件を出してみる。悠希は少し考えたあと、「じゃあ」と口を開いた。

「黙っててくれたら、兄貴の秘密をひとつ教えてやるよ」

「え？　翔真さんの秘密？」

興味を引かれ身を乗り出す。

いったいどんなことだろう。翔真さんに関わる秘密なら、些細なことでもぜひ知りたい。

興味津々の私に向かって、悠希がお皿を差し出した。

「彩菜。カレーおかわり」

「え。翔真さんの秘密は？」

「そんなに簡単に教えたら、秘密じゃないだろ」

意地悪な悠希に鼻で笑われ「けち」と顔をしかめる。

そんなやりとりをする私たちを見て、翔真さんは苦笑いをしていた。

悠希はカレーを食べ満足すると、『じゃ。ごちそう様』と言って出て行った。たくさん買ったお酒は結局ほとんど手つかずのまま置いていった。

まったく。どこまでもマイペースで自分勝手なんだから、とため息をつく。

玄関で悠希を見送りリビングに戻った。

「悠希がいると賑やかで、なんだか疲れちゃいましたね」

息を吐きながらソファに座ると、翔真さんに「悠希が迷惑をかけて悪い」と謝られた。

「そんな、翔真さんが謝ることじゃないですよ」

「一応俺の弟だから」

「いえ。悠希は私にとっても家族みたいなものですし」

首を振った私を見て、翔真さんが静かに口を開いた。

「彩菜は俺といるときよりも、悠希といるときのほうが自然体で楽しそうだよな」

その言葉に、身を乗り出して否定する。

「そんなことないですよ！　翔真さんといるときのほうが、ずっとずっと楽しいし幸せです」

翔真さんは私の隣に座り、真剣な表情でこちらを見た。

「本当に？」

試すようにたずねられ、「ほ、本当です……！」と首を縦に振る。

そんな私を、翔真さんがじっと見つめた。

さっきまでとても賑やかだったせいで、ふたりきりのリビングがやけに静かに感じ緊張してしまう。

ドキドキして視線を自分の膝に落とすと、「嘘じゃないなら、ちゃんとこっちを見て」とささやかれた。

彼の言葉におずおずと顔をあげる。翔真さんがまっすぐに私を見つめていた。

整った顔を正面から見て、ああああ……、やっぱりかっこいい……！と叫び出したくなる気持ちを必死にこらえる。

「今日、悠希が泊るのを断ったんだな」

静かにたずねられ、「すみません！」と謝った。

「勝手に断らず、翔真さんに確認すればよかったですよね」

「いや。うれしかった。悠希よりも、俺に抱かれるって約束を優先してくれて」

甘く色っぽい声でささやかれ、鼓動が速くなった。慌てて視線を下に落とす。

「そ、そういうわけでは……っ」

「違うの？　俺に抱かれたかったから、断ったわけじゃない？」

翔真さんは私を試すように問いかける。

どうしよう。頬が熱くて前を向けない。ドキドキしすぎて心臓の音が翔真さんにまで聞こえてしまいそうだ。

「ええと」

「彩菜。ちゃんと答えて。悠希をうちに泊めなかったのはどうして？」

優しい声で問い詰められ、私は心の中で白旗をあげる。

「その……、翔真さんに抱いてもらいたかったからです」

弱々しい声で言うと同時に、翔真さんが息を吐き出す音がした。あきれられただろうかと不安になっていると、視界がぐるっと回った。

翔真さんが私の顔の横に手をつき、こちらを見下ろしていた。ソファの上で組み敷かれているこの状況を理解して、鼓動が速くなる。

「え、あの……。翔真さん……？」

上ずった声で名前を呼ぶ。

翔真さんは色っぽい笑みを浮かべ私の左手を持ち上げる。そこにはもらったばかりのブレスレットがあった。

翔真さんはこちらを見下ろしながら、ブレスレットがはめられた私の手首にキスをする。挑発するような男っぽい彼の表情に、「んん……っ」と甘い声がもれた。

萌絵さんから言われた『手錠をかけて鎖で繋いでおきたいって願望のあらわれでしょ』という言葉が頭をよぎる。

翔真さんが私にそんな執着を抱いていてくれたらいいのに。そんなことありえないけど。

翔真さんが私の手首の内側を甘噛みした。柔らかく触れた歯の感触に、背筋がぞくぞくと粟立った。

「あっ、翔真さん……」

泣きそうな声で名前を呼ぶ。

「本当に、かわいすぎる」

ため息交じりにそう言って、翔真さんは体をかがめた。首筋にキスをされ体が跳ねる。

翔真さんの手が私の服の中にすべり込んできた。鎖骨や胸元にキスをしながら、ゆっくりと手を動かし私の肌をなぞる。

「ま、待ってくださいっ」

私は喉をのけぞらせながら翔真さんを見上げる。

「いや?」

「い、いやではないですけど、こんな場所で……?」

今まで三回ほど翔真さんに抱いてもらったけど、すべて彼の寝室でだった。

明るいリビングのソファの上でなんて初めてだ。恥ずかしくてどうしていいのかわからなくなる。

「俺は、今すぐ彩菜を抱きたい」

いつもは穏やかで優しい翔真さんが、今日はちょっと強引だった。

片手で胸元のボタンを外しながらこちらを見下ろす彼は、壮絶なほど色っぽくて心臓が止まりそうになる。

白いシャツがはだけ、鍛え上げられた体がのぞく。そのセクシーさに息をのむ。

翔真さんの手が私の服をめくり上げ、肌がさらされた。

こんな明るい場所で体を見られている。そう思うと羞恥と緊張と興奮で、頭がくらくらしてきた。

「かわいい。彩菜の白い肌が、緊張で赤く染まってる」

大きな手がゆっくりと私の胸の膨らみをもむ。子猫をかわいがるように敏感な先端をなでられた。

「あ……、や……っ」

必死に声をこらえているのに、甘い吐息が止まらなくなる。

「待って、翔真さん……。本当に恥ずかしいです……！」

涙目で訴える私を見て、翔真さんが小さく笑った。

「恥ずかしがりながら感じる彩菜、すごくかわいいよ」

体をかがめ私の胸元に顔を寄せる。形のいい唇で胸にキスをされ、背中が大きくそった。

「んん……っ！」

リビングの壁には大きな液晶テレビが取り付けてあった。電源の入っていない黒い画面には、私と翔真さんの姿が映っていた。

さっきまで悠希と三人で賑やかに過ごしていたリビングで、こんないやらしいことをされているなんて……。興奮と背徳感で体の奥が熱くなる。

翔真さんの長い指が私の腰骨に触れた。ゆっくりと足の付け根をなぞり、奥まった場所へと進む。

下着の上から触れられただけで、全身に電気が走るような快感に襲われる。

「あ……っ、だめですっ！」

私は必死に足を閉じ、涙目で翔真さんを見上げた。

「どうして？」

「その、シャワーも浴びてないのにそんなところ……っ」

「大丈夫。彩菜の体は綺麗だよ」

私の膝を開き長い指をゆっくりと動かす。体の奥が熱くとろけ、どんどんあふれていくのが自分でもわかった。

どうしよう。恥ずかしいのにすごく気持ちいい。

「あ、あ……っ！」

「気持ちいい？」

色っぽい声で問いかけられ、唇を噛みながら首を縦に振る。

そんな私を見て、翔真さんが「かわいい」と笑った。

翔真さんはこちらを見つめながら、私の内ももに口づけをした。その煽情的で色っぽい表情にごくりと息をのむ。

彼の綺麗な唇が、ゆっくりと足の付け根に近づいていく。彼がなにをしようとしているのか気付いて、たまらず悲鳴をあげた。

「や、だめです……！」

「大丈夫。気持ちいいことしかしない」

「でも、でもっ！」

頭の中はもうパニックだ。

ここはリビングで、照明もつけっぱなしで、シャワーも浴びていなくて。そんな恥ずかしい状況で、翔真さんにこんなことをされてしまうなんて。

「絶対無理です……っ！」

翔真さんは顔をあげ、半泣きになった私を見下ろす。黒髪をかきあげ軽く首をかしげた表情が、壮絶なほど色っぽい。

「――抱いてもらいたいって言っただろ？」

艶のある声で問われ、それだけで体の奥が熱くなった。

あぁぁぁぁ。もう。かっこよすぎて反則です……！

このままじゃ、翔真さん大好きと叫んでしまいそうだ。でも、そんなことを言ったら絶対に引かれる。なんとか気持ちを抑えなきゃ。

「でも、あの、それは子どもがほしいからで……っ！」

パニックになりながら言うと、翔真さんの動きが止まった。

どうしたんだろうと思い視線をあげる。

翔真さんは片手で額を覆っていて表情が見えなかった。彼は視線を落としたまま気持ちを整えるようにゆっくりと息を吐き出す。

「あの、翔真さん……？」

戸惑いながら名前を呼ぶ。彼がこちらを見たときには、いつもの冷静で穏やかな表情に戻っていた。

「悪い。勘違いをしてうぬぼれるところだった」

「勘違い？」

「彩菜が俺に抱かれる理由は、子どもを作るためだもんな」

ひとりごとのようにそうつぶやき目を伏せる。彼の表情からは感情が読み取れなかった。

「彩菜。ベッドに行こうか」

彼は私の手を取り寝室に移動する。

翔真さんは私がお願いする前に、部屋の照明を暗くしてくれた。お互いの輪郭がぼんやりとわかる程度の薄暗い寝室で私たちは抱き合う。

その日の翔真さんは意地悪で、私はベッドの中でとことん焦らされた。

指と舌で何度も絶頂まで高められ、頭が真っ白になる。早く翔真さんとひとつになりたくて体の奥が切なくうずく。

快感に翻弄されるうちに羞恥を忘れた私は、「お願い、もう……」と涙声でお願いする。

だけど翔真さんは「まだだめだよ」と静かに微笑んだ。

これ以上気持ちよくなったら、頭がおかしくなってしまう。そう思いながらシーツを掴み、与えられる快感に甘い声をもらす。

「――彩菜」

どこに触れられても気持ちがよくて、耳元で名前を呼ばれるだけで背筋が大きく跳ねた。

そんな私を見て、翔真さんが「本当にけなげでかわいいね」と低い声でささやく。

「名前を呼ばれるだけでこんなに感じるのは、俺の声があいつに似てるから？」

快楽のせいで頭が朦朧としていて、その問いかけの意味は理解できなかった。

「翔真さん……？」

戸惑いながら名前を呼ぶと、翔真さんが小さく笑う気配がした。

「わかっているのにそれでも君を離したくないなんて、俺はどこまで卑怯なんだろうね」

そう言って、翔真さんがようやく私の中に入って来てくれた。さんざん焦らされ敏感になった体は、待ちわびた熱い感触に一気に上り詰め意識を手放した。

気になるわがまま

翌日、翔真さんの運転する車で彼のご実家に向かった。

翔真さんのご実家は私の実家のすぐそばにある。藤沢家の日本家屋とは対照的なモダンな造りで、まるで美術館のような豪邸だ。

門から敷地内に入ると手入れの行き届いたお庭が見渡せる。

小さなころ、よくこのお庭で翔真さんと悠希に遊んでもらっていたっけ……。と懐かしく思いながら車を降りた。

「彩菜ちゃん、ようこそ」

玄関で出迎えてくれたのは、翔真さんのお義母様。少し明るい髪色の彼女は、人懐っこい笑顔がとても魅力的な素敵な女性だ。

私が「おひさしぶりです」と挨拶をすると、お義母様はうれしそうに笑い「どうぞ、入って」と迎え入れてくれた。

「翔真。よく来たな」

低い声で翔真さんに声をかけたのは、黒髪で落ち着いた雰囲気のお義父様。彼は吉永自動車の社長を務めているので会社でもときどき顔を合わせるけれど、いつもダンディなオーラを漂わせるかっこいいおじ様だ。

そんなふたりを見て、翔真さんはお義父様似で、悠希はお義母様似だなと思う。

案内されて入ったリビングにはすでに私の両親がいた。

上品な黒いワンピースを着ておっとりと微笑む母と、小さな丸眼鏡をかけ長めの髪をうしろでひとつにくくった父。

父が髪を切らないのは、『伸ばしているほうが芸術家っぽくて素敵』と母に褒められたかららしい。

「ご無沙汰しております」

翔真さんが私の両親に向かって頭を下げる。

「翔真くん。忙しいのに来てくれてありがとう」

「お父さんったら吉永さんのお宅でお食事会をするなら、彩菜も呼ぼうってうるさいのよ。本当に子離れできてないんだから」

そんな話をしていると、部屋の奥から一匹の猫が近づいてきた。

「あ、タビちゃん」

吉永家で飼われている愛猫のタビちゃんだ。

キジトラと言われる茶色い縞模様《しまもよう》で、足先だけが靴下を履いているように白いのがとてもかわいい。

私がしゃがむと膝に頭をすりつけご挨拶をしてくれる。

「元気そうだな」

翔真さんも私の隣に座り、タビちゃんをなでる。タビちゃんはうれしそうに目を細め、ゴロゴロと喉を鳴らした。

ひと通りの挨拶をすませると、タビちゃんは満足したのか私たちに背を向け歩いていく。

リビングの壁に取り付けられたキャットウォークに登り、こてんと横になり居眠りを始めた。

その切り替えの早さがかわいくて、翔真さんと微笑み合った。

「子猫のときはこっちが疲れるくらい遊んで遊んでってねだったのに、すっかり素っ気なくなっちゃいましたね」

「まぁ、もう十二歳になるしね」

「そっか。もうそんなに経つんですね……」

タビちゃんは吉永家のお庭で生まれたもと野良猫だ。体が弱かったせいか生まれてすぐに母猫とはぐれ、小さな声で鳴いているところを私と翔真さんで保護した。

そのときのことを思い出し、懐かしい気持ちになる。

「そうだ。来る途中でスイーツを買って来たんです」

翔真さんがそう言って、お義母様にケーキが入った箱を手渡す。

「あら、うれしい。見てもいいかしら?」

お義母様は待ちきれない様子で箱の中をのぞき、「綺麗なケーキね!」と声を弾ませる。

「彩菜が選んでくれたんですよ」

「さすが彩菜ちゃん。センスがあるわ」

お義母様に褒められ、はにかみながら首を横に振る。

「そんな。前に翔真さんがお土産にこのお店のケーキを買ってきてくれたんです」

「それで、手土産はこの店がいいって提案したんだ? そんなことをちゃんと覚えててくれたんだな」

「覚えてますよ。翔真さんが買ってきてくれたケーキがとても綺麗でおいしかったし、うれしかったので」

そんなやりとりをしていると、見ていた母とお義母様が「本当に仲良し夫婦ね」と笑い合う。

「それから、よかったらこれも」と翔真さんがお義父様に日本酒を渡した。

「おや、いい日本酒だな。翔真が酒を持って来るなんてめずらしい」

渡された一升瓶を見ながらお義父様が頬を緩める。

「昨日悠希が買ったのに、手を付けずにうちに置いていったんですよ」

そう説明した翔真さんを驚いて振り返る。

慌てて彼の服の裾を掴み、「それ伝えちゃだめですよ」と小声で言ったけれど、すでに遅かった。

「あら。悠希が帰国してるの？」

「まったく。うちに連絡もしないで」

「悠希くんがいるならぜひ会いたいな」

「これから呼んだら来ないかしら」

翔真さんの言葉はしっかり四人の耳に届き、みんなうれしそうな笑顔を浮かべる。

両親たちは「今から悠希に連絡して呼び出しましょう」と盛り上がっていた。

悠希から、帰国していることは内緒にしてって言われていたのに……。

きっとあとから文句を言われるに違いない。

私がため息をついている間に両親たちは悠希に連絡し、今すぐ来るようにと言いつけていた。

小一時間後。悠希がやって来るとその場が一気に賑やかになった。

「なんで帰国しているのに連絡しないのよ。本当に薄情なんだから」

「またふらふら遊び歩いてるんだろ。悠希はいつまで経っても落ち着きがない」

ご両親からの小言を、悠希がものすごい仏頂面で聞いている。突然呼び出されたことに、不満たっぷりという表情だ。

そして悠希が無言のままこちらを睨む。

『どうして帰国していることを言ったんだ』と文句を言いたいんだろう。

落ち着かなくて冷や汗をかいていると、私の両親がおおらかに笑った。

「まぁまぁ。悠希くんだって、仕事は真面目にやってるんだからいいじゃないか。普段アメリカでがんばっているぶん、こっちで羽を伸ばしたかったんだよな？」

「それに、この自由奔放な性格が悠希くんの魅力だわ」

フォローの言葉をかけられた悠希は、さっきまでの仏頂面が嘘のように人懐っこい表情を浮かべる。

「おじさんとおばさんは本当に優しいなぁ。俺、藤沢家の子どもに生まれたかった」

父と母は簡単に悠希に懐柔され「じゃあ、うちの子になるかい？」なんて言い出した。こうやってすぐに人の懐に入り込んでしまう悠希は、本当に人たらしの悪い男だと思う。

あきれる私の隣で、翔真さんが静かに口を開いた。

「悠希。自由に振る舞うのはいいけど、お前は吉永自動車の専務で後継者なんだ。社名に泥を塗るようなまねはするなよ」

釘を刺された悠希は、顔をしかめ翔真さんを見る。

「わかってるよ。それに、後継者は俺じゃなく兄貴だろ？」

その問いかけに、翔真さんは答えなかった。整った横顔からは感情が読み取れず、私は少し違和感を抱く。

「あ、あの。このお魚、おいしいですね」

重くなった空気を変えるように笑顔で言う。

テーブルに並ぶのは、父がもらった立派な甘鯛を使った料理。板前さんが昆布締めにしたり塩焼きにしたり汁物にしたり、様々な形に調理してくれた。

まるで一流料亭に来たような豪華さだ。

お椀に口をつけて、ほうっとため息をつく。

「この潮汁、お出汁《だし》が効いていて本当においしいです。私もおうちでこんなおいしい料理を作って、仕事で疲れた翔真さんに出してあげられたらいいなぁ」

やっぱりきちんと料理教室に通おうかなとつぶやくと、翔真さんが口を開く。

「気持ちはうれしいけど、彩菜は今でも十分料理上手だし、俺のために無理をする必要はないよ」

「本当ですか?」

「あぁ」

優しく笑いかけられ頬が熱くなる。

その様子を見ていた悠希が、「だから、そうやって見せつけるなって」とうんざりしたように顔をしかめた。

「あら。悠希は、彩菜ちゃんと結婚した翔真がうらやましいのね」

お義母様に言われた悠希は、さらに眉間のしわを深くする。

「は? 誰がうらやましいなんて」

「強がらなくてもいいわよ。ラブラブなふたりを見ているうちに、悠希も結婚したくなったんでしょう?」

「いや、ちが……」

「それはよかった。実はあちこちから悠希に結婚の話が来ているんだ。悠希ももうすぐ三十歳だし本気で結婚を考える時期だよな」

「私の知り合いにもいい子がいるわよ。銀行の頭取の娘さんでね、結婚に興味があるなら一度会ってみない？」

「悠希くん、結婚はいいもんだよ。アメリカでひとり暮らしをしていたら、余計に家庭の温かさが恋しくなるだろう？」

悠希の戸惑いをよそに、その場はどんどん盛り上がる。

「善は急げと言うし、さっそく見合いをセッティングしようか」

「どんな女性がいいかしら。わくわくしてきたわ」

「悠希くんなら、落ち着いた年上の女性がいいかも」

「いや、彼は意外と面倒見がいいから、年下のほうがいいかもしれないよ」

口々に話す両親たちに圧倒されていると、悠希が椅子から立ち上がった。

「結婚するなんてひと言も言ってないのに、勝手に話を進めるなよ」

あきれた口調で言い、リビングの出口に向かって歩き出す。

「悠希！」

私が慌てて名前を呼ぶと、悠希はこちらを振り返り「タバコ」とだけ言って出て行った。

「あらあら。怒らせちゃったわ」

「ごめんなさい。つい楽しくなっちゃって」

「悪ふざけがすぎたようだね」

それまで賑やかだったリビングは、すっかり静かになってしまった。

いくら両親たちが強引に話を盛り上げたとはいえ、あんなふうに出て行くなんて。

「悠希は結婚する気がないのかな……」

思わずそうつぶやいた私に、翔真さんが視線を向けた。

「彩菜は、悠希は結婚したほうがいいと思ってる？」

「いえ、そういうわけではないんですけど」

私が首を横に振ると父がつぶやいた。

「悠希くんは奔放なところがあるから、奥さんになる人は少し苦労するかもしれないね」

父の意見に不安になったのか、お義母様が「たしかに」と顔を曇らせる。

「結婚してからもあの調子なら、愛想をつかされてすぐに離婚しちゃうかもしれないわ」

「吉永自動車の専務がすぐに離婚となるとあまり外聞がよくないわね」

心配そうにうなずき合う母たちに、翔真さんは冷静に口を開く。

「悠希だって、自分が後継者だという自覚はあるはずです。それに、悠希の振る舞いは身勝手に見えるけど、決して人を傷つけたりはしない。結婚したら妻を裏切るようなことはしないと思いますよ」

その言葉には、悠希への信頼が滲んでいた。

「それに、周りが急かさなくても、悠希なら自分の将来は自分で決めると思います」

翔真さんの言葉に「そうよね」と両親たちが表情を明るくしたとき、ポケットに入れていたスマホが震えた。

なんだろうと思い画面を見る。悠希から短いメッセージが届いていた。

「どうかした?」

翔真さんに問いかけられ、「悠希から『ライターない?』ってメッセージが」と画面を見せる。タバコを吸いたいけどライターがないから持って来いという意味だろう。

用件だけの一文を読んだ翔真さんは、あきれたように苦笑する。

「彩菜ちゃん。悪いけど、様子を見て来てくれる？　きっとお庭のお散歩でもしてると思うから」

お義母様から頼まれ、ライターを預かった私は庭に出た。

さっきまでは晴れていたのに、空は灰色の雲で覆われていた。今にも雨が降り出しそうだ。

手入れの行き届いたお庭の小道に沿ってジャスミンの木が植えられていた。その白い花に見とれながら歩いていると、木立の奥にある洋風の東屋に悠希の姿を見つけた。

彼はベンチに腰かけ、のんびりと庭の緑を眺めていた。足音に気付きこちらを振り返る。

「お、来たか」

悪びれもせず笑った悠希に、顔をしかめながら近づいた。

「私は小間使いじゃないんですけど」

「いいじゃん、別に。っていうかお前、おやじたちに俺が帰国してること告げ口しただろ。内緒にしてくれって頼んだのに」

悠希に睨まれ、「ごめん」と頭を下げた。

「翔真さんが話しちゃって……」

「ま、そんなことだろうなとは思ったけど」

悠希はすぐに笑ってくれた。本気で怒っていたわけじゃないんだとほっとする。

「とりあえず、兄貴の秘密は教えてやれないいな」

意地悪な表情で言う悠希に、「そんなふうにもったいぶって。どうせ大した秘密じゃないんでしょ」と言い返した。

「それにしてもこの東屋懐かしい。子どものころよくここで遊んだよね」

庭を眺めながら、悠希の隣に腰かける。

「あぁ。彩菜がすぐに泣くせいでよく兄貴に怒られたんだよな」

「それは悠希が意地悪をするからでしょう?」

一歳差の悠希と私は、追いかけっこやかくれんぼで張り合うように競い合っていた。だけどどんなにがんばっても悠希には勝てなかった。負けて落ち込むと悠希にからかわれ、くやしくていつも泣いていたっけ。

そんな私を、翔真さんは優しくなぐさめてくれた。そのころから翔真さんは、私にとって憧れの人だった。

「タビちゃんを拾ったのもここだったなぁ」

「あー。タビは兄貴と彩菜が見つけたんだよな」

「うん。本当に小さくて、助からないんじゃないかって不安だった」

小さな子猫を見つけどうしていいのかわからずうろたえていた私を連れて、翔真さんが動物病院を探してくれた。そんな彼がとても頼もしく見えたのを覚えてる。

「そうだ。ライター持って来たけど、悠希ってタバコ吸ったっけ？」

タバコを吸っている姿を見た覚えはないけど……と不思議に思いながらライターを手渡す。

「吸わないよ。あの場所から抜け出すための言い訳」

「なにそれ、じゃあライターなんて必要ないじゃない」

「暇だから彩菜に話し相手になってもらおうと思って」

「勝手なんだから」とため息をつく。

「だって居心地悪かったじゃん。あのままあそこにいたら、強引に見合いさせられそうだし」

悠希はちょっと投げやりに言いながら庭を眺めた。そんな彼に、「大丈夫だよ」と言う。

「翔真さんがちゃんとフォローしてくれてたから」

「兄貴が？」

「周りが急かさなくても、悠希なら自分の将来は自分で決めるって言ってた」

翔真さんの言葉を教えられた悠希は、ベンチの手すりに頬杖をついて苦笑いを浮かべる。

「ほんと兄貴は俺をかいかぶりすぎ」

その横顔は笑っているけれど、どこか歯がゆそうに見えた。

ぽつりと小さな音がした。緑の葉の上に水滴が落ちる音だと気付き顔をあげる。空を覆う雲から、静かに雨が降り出したようだ。

私たちは東屋の中のベンチに並んで座り、庭の木々が雨で濡れていくのをぼんやりと眺める。雨に打たれ揺れる緑は鮮やかで美しかった。

「……それに、兄貴はうちのおやじたちに遠慮しすぎなんだよ。バカ真面目に言われたことに従って」

不満をもらした悠希に、「どういう意味？」とたずねる。

「翔真さんはご両親に遠慮してるの？　家族なのに？」

「彩菜は不思議に思わないのか？　兄貴だけ親と話すときに敬語なの」

翔真さんはご両親と話すときも敬語を使う。小さなころは普通に話していたのに。

彼がご両親に敬語を使うようになったのは、高校生のころからだったと思う。不思議に思い翔真さんに『どうしてご両親とは敬語で話すんですか？』と聞いたことがある。

「前に翔真さんに聞いたら、『吉永自動車に入社すると決めたときから、一社員としてのけじめをつけるために敬語で話すことにしたんだ』って言ってたよ」

「それにしても、他人行儀すぎだろ」

たしかに。社員としてのけじめなら、敬語を使うのは仕事中だけでいいはずだ。プライベートでも敬語だなんて、わざと距離を置いているみたいだ。

「兄貴は両親の理想の息子であろうと努力し続けてきたんだよ。弟の俺から見ても、常に周りの意見を優先して自分の気持ちを押し殺しているように見えた」

「そんな……」

「兄貴がわがままを言ったのは、俺が覚えている限りたった一度だけだと思う」

「翔真さんは、どんなわがままを言ったの？」

「お前との結婚が決まる前のことだけど」

悠希の前置きにうなずく。

「兄貴にはずっと好きな人がいて、その相手と結婚するためにって……」

予想外の言葉に、「待って」と悠希の腕を掴んだ。

「翔真さんには好きな人がいたの？」

「は？　お前、知らなかったのか？」

悠希が驚いたように私を見る。

そんなの、知らなかった。

お互いの家のための政略結婚を受けたくらいだから、翔真さんには想いを寄せる人もお付き合いしている人もいないと思ってたのに……。

私が息をのんだとき、靴音が聞こえた。振り返ると傘をさした翔真さんが歩いてくるのが見えた。

雨が降る美しい庭を歩く彼はものすごく素敵で、まるで映画のワンシーンのようだった。私は呼吸を止めて、その姿を見つめる。

「翔真さん……」

「雨が降り出したから、迎えに来たよ」

彼は私に優しく笑いかけてくれる。けれど私は動揺していてうまく笑い返せなかった。

「小雨なのに過保護だな」

あきれ顔の悠希に、翔真さんは持っていた傘を渡す。

「母さんたちが言いすぎたと反省していたぞ。たまにしか顔を合わせないんだから、あまり心配させないように」

悠希は翔真さんから傘を受け取ると、ベンチから立ち上がった。

「はいはい。兄貴を見習って親孝行な息子を演じてやるか」

そうぼやきながら、悠希は東屋を出て傘をさして歩き出す。

翔真さんは苦笑いで彼を見送ってから、私を振り返った。

「じゃあ、俺たちも戻ろうか」

そう言って私に傘をさしかける。

「あ、ありがとうございます」

お礼を言って彼の傘に入れてもらったけれど、悠希から聞いた言葉が頭から離れず鼓動は速いままだった。

私の表情が優れないのに気付いたのか、翔真さんが眉をわずかに寄せ心配そうにこちらを見る。

「彩菜、どうかした？」

「いえ。なんでもないです」

動揺を悟られないよう必死に笑顔を作り、首を横に振って誤魔化した。だけど、心の中は翔真さんへの罪悪感でいっぱいだった。

◇◇◇

――約一年前。

父から『大切な話がある』と切り出された私は、改まってなんだろうと思いながら両親と向かい合って座った。

『彩菜。吉永家と縁談が出ているんだけど、どう思う?』

父のその言葉に、私は驚いて目を丸くした。

私が小さなころから、両親たちがいつかお互いの子どもが結婚して親戚になれたらいいね、なんて笑い合っていたのは知ってる。だけどそれは冗談で、決して本気じゃないと思っていたのに。

『どうして今になって?』

うしろめたい表情を浮かべる父の代わりに、母が説明してくれた。

『お父さんが騙されて、大きな負債を抱えてしまったでしょう?』

父は知り合ったばかりの男から、アフリカの発展途上国にある工場を支援しないかと話を持ちかけられた。

工場がうまく稼働すればインフラが整備され学校もでき、現地の人たちの暮らしは格段に豊かになると説明され、その熱意に打たれた父は多額の出資をした。

けれど実際は赤字を抱えたボロボロの工場で、父は多額の負債を背負うことになった。

『それが、思った以上に額が大きかったのよ。藤沢家の資産をすべて投じても補えないくらいに』

『そんな……』

裕福な家庭で育った世間知らずな両親が、すべての資産を失ったら……。路頭に迷う父と母の姿が頭に浮かび青ざめる。

『それで、見かねた吉永さんが援助を申し出てくれたんだ。工場の権利ごと吉永自動車が引き受けると』

続く父の言葉に驚き息をのむ。

『援助って。うちの土地や建物を売ってもまかなえない額なのに？』

いくら吉永自動車が国内一の売り上げを誇る大企業だからって、ありえない申し出だ。

『吉永自動車は世界に進出しているだろう？　今は北米や欧州がメインだけど、これから東南アジアやアフリカの市場は確実に伸びていく』

私も吉永自動車で広報として働いているのでその辺の事情はわかっていた。

国内の自動車市場は今後どんどん縮小していく。海外に目を向けなければ、今以上の企業の発展は望めない。

『吉永自動車はそれを見越して、アフリカに工場を作る計画を立てているそうだ』

『それで、お父さんが騙されて出資させられた工場を？』

私の問いかけに父はうなずく。

アフリカの工場をうちが持っていてもただの負債でしかないけれど、吉永自動車ならその土地や人材を有効活用できる。

それに新たな土地を購入して工場を建設するよりも、地元の信頼と理解を得やすいんだと説明された。

なるほど、それなら多額の援助も納得できる。

『だけど、それがどうして結婚なんて話に……』

『株主や役員たちを納得させるためだよ』

赤字を抱えた工場の権利を得ることに、難色を示す人もいるんだろう。けれど、吉永家と藤沢家が結婚して親族になればその批判も少しは和らぐ。

『なにより藤沢家は国内はもちろん、海外の政治家や経済界のＶＩＰたちとも繋がりが深いからね。アジアの権力者の中にはお父さんの熱狂的なファンも多いし』

父はちょっと自慢気に胸を張る。

特権階級が強い力を持つ国では、正攻法よりも人脈と根回しがものを言う。吉永自動車にとって、藤沢家の影響力はとても魅力的なんだろうと理解できた。

『それで、彩菜。吉永家との縁組の話はどう思う？』

『どうって言われても……』

我が家にとってはありがたいお話だと思う。だけど、突然すぎる提案にまだ私は混乱していた。

だって、男の人とお付き合いした経験もないのにいきなり結婚するなんて……。そう考え、はっとして顔をあげる。

『あの。結婚って、翔真さんと？　それとも悠希と？』

父が口にしたのは吉永家との縁組という言葉だけだ。具体的に誰ととは言っていない。

『あぁ。まず彩菜の気持ちを確認しようと思って、詳しい話は聞いていなかったけど』

ということは、翔真さんが結婚相手になる可能性もあるってこと……？

鼓動が速くなるのを感じながら、期待と不安で胸を押さえる。

『でも、彩菜の結婚相手なら年が近い悠希くんがいいんじゃないかな』

『そうね。彩菜も小さなころから悠希くんに懐いていたし』

ふたりとも翔真さんではなく悠希が結婚相手にふさわしいと思っているんだと気付き、慌てて口を開いた。

『あの、お相手は翔真さんがいい！　翔真さんならよろこんでお受けしたいです！』

私の答えが予想外だったのか、父も母も驚いた顔をした。

『結婚するのは翔真くんがいいのかい？』

『彩菜は翔真くんの前ではいつも顔を伏せるから、苦手なのかと思っていたわ』

『小さなころから憧れていたの。好きすぎて、翔真さんの前では緊張しちゃうくらい……』

顔を真っ赤にした私を見て、母は『そんなに翔真くんが好きなのね』と目を細める。

『そういうことならまかせなさい。お父さんが、彩菜が翔真くんと結婚できるようにしっかり話をつけてあげるから』

自信満々に胸を叩いた父に、『でも』とお願いをする。

『私が翔真さんを好きだったってことは、絶対に言わないでほしいの』

『どうして？』

『もしこの話がまとまったとしても、あくまでこれは吉永家と藤沢家の利害のための政略結婚でしょう？ 好きで結婚するわけじゃないのに、私だけ一方的に好意を持っていたと知られたら、優しい翔真さんに気を使わせてしまいそうで……』

彼の重荷にはなりたくない。必死にそう訴える。そんな私に父は『わかったよ』と優しく笑った。

『じゃあ、適当な理由をつけて結婚相手は翔真くんでと提案するから、安心しなさい』

『ちょうど悠希くんはアメリカへ赴任する予定だし、彩菜は日本を離れたくないから結婚をするなら翔真くんと、と言えばいいんじゃないかしら』

『それはいいね』

父と母はそう言ってうなずき合った。

そして、父と母のおかげで私はずっと片想いをし続けてきた翔真さんと夫婦になった。

私は彼と一緒に暮らせて幸せだと思っていた。毎日翔真さんの顔を見られることに浮かれ、彼に好きな人がいたなんて考えたこともなかった。

だけど、翔真さんは私ではないほかの女性と夫婦になりたいと望んでいたんだ。

それなのに、私が彼と結婚したいとわがままを言ったせいであきらめざるをえなかったんだろう。

彼の想いを私が踏みにじってしまった。そう思うと罪悪感で胸が痛んだ。

◇◇◇

「彩菜ちゃん、最近元気ないわね」

翌週。ランチを食べている最中にそう言われ顔をあげた。先輩の萌絵さんが心配そうな表情で私を見ていた。

「そ、そうですか？」

「いつも暗い顔をしているし、今もため息をついていたし。あんまり食欲もないでしょう？」

たしかに、最近食欲がなく今日はカフェオレとサラダしか頼んでいなかった。そのサラダもほぼ手つかずの状態だ。

翔真さんのご実家で食事会をしてから一週間。

あの日以来、私は翔真さんの顔をまっすぐに見られなくなってしまった。

翔真さんには愛する女性がいたんだ。私との結婚は望んでいなかったんだ。そう思うと胸が苦しくなるから。

だけど翔真さんはそんな不満をいっさい見せず私に優しくしてくれていた。責任感が強く誠実な彼は、きっとこれからも私を妻として大切にしてくれるだろう。その優しさが余計につらかった。

そのことに悩み食欲も落ちていたけれど、萌絵さんに正直に打ち明けるわけにはいかないと思い言い訳を考える。

「ええと……。仕事が忙しいのでちょっとぼんやりしちゃって」

「彩菜ちゃんは、創業五十周年の記念誌制作の仕事をしてるんだっけ？」

「そうです。取引企業へ原稿の依頼をしているんですけど、なかなかスムーズに進まなくて……」

社長は『今の吉永自動車があるのはお客様や従業員はもちろん、関連会社や協力会社の力があったからだ』といつも言っている。

創業五十周年の記念誌ではその感謝の気持ちを形にしたいという社長の意向で、取引企業の功績もしっかりと掲載する予定だ。

ほとんどの会社は快く原稿の執筆を引き受けてくれたけれど、一社だけ掲載順や文字数など細かなことにひっかかり話が進まない会社があった。その対応に悩んでいたのも事実だった。

「そっか。私に手伝えることがあったら言ってね」

「ありがとうございます」

うまく誤魔化せたとほっと胸をなで下ろしたとき、「――で。本当はなにに悩んでいるの？」と聞かれ驚いて咳き込みそうになった。

「本当はって……？」

「仕事が忙しいのは事実だろうけど、がんばり屋で前向きな彩菜ちゃんはそれだけで食欲がなくなるほど悩まないでしょう？」

するどい指摘に黙り込む。

「副社長とケンカでもしたの？」

「いえ。翔真さんはいつも紳士で優しいので、ケンカなんて」

「じゃあ、なにがあったの？」

優しい口調で問いかけられた。誤魔化すのは無理だろうと思い、うつむきながら口を開く。

「……私と結婚する前、翔真さんには好きな人がいたそうなんです」

「まさか」

「悠希から聞いたんです。ずっとご両親の言うことを聞いてきた翔真さんが、その人と結婚するために一度だけわがままを言ったって」

常に周りに気を使う翔真さんが自分の気持ちを押し通そうとしたなんて。それだけ彼女のことが好きだったんだろう。

そう思うと、胸が苦しくなる。

「でも、結局彩菜ちゃんと結婚したんでしょう？」

「それは、きっとご両親に説得されたんだと思います」

「いくら両親から説得されたって、本当に好きな人がいたなら政略結婚なんて断るでしょ。きっと専務の勘違いよ」

萌絵さんは自信満々に言い切る。

そうなんだろうか……と考えていたとき、あたりがわずかに騒がしくなった。振り向くと翔真さんが入って来るのが見えた。

背の高い翔真さんは、誰かを探すように食堂内を見渡していた。

萌絵さんが、「あ、副社長だ。めずらしい」とつぶやく。

萌絵さんの言う通り、副社長である翔真さんが社員食堂に姿を見せることはあまりない。

「しかも、社長までいる。相変わらずのイケメン親子で目の保養だわ～」

翔真さんのうしろには社長であるお義父様の姿もあった。長身で精悍なふたりが揃うと色気と迫力が増す気がする。

親子揃ってこんなに素敵だなんて、吉永家の遺伝子は優秀すぎるのでは。

そんなことを考えていると、翔真さんが私に気付き優しい笑みを浮かべた。そしてふたりは私のところまでやってくる。

目が合い立ち上がって頭を下げた。

「お疲れ様です」

「あぁ、彩菜ちゃん。立ち上がらなくていいよ。食事の邪魔をして悪いね」

お義父様が穏やかに笑ってくれる。

「どうされたんですか？」

「実は再来週、パーティーがあるんだ。それに翔真と一緒に出席してほしいんだが、どうだい？」

「パーティーですか……」

「あぁ。自動車業界が集まるパーティーで、彩菜ちゃんを翔真の妻として紹介したいんだ。それなのに翔真が渋るから直接聞こうと思ってね」

お義父様の隣では翔真さんがため息をついていた。私にパーティーに参加してほしくないんだろうか。

でも、翔真さんの妻としてできることがあるならお役に立ちたい。そう思いうなずく。

「もちろん。大丈夫です」

するとそれまで見ていた翔真さんが口を開いた。

「無理はしなくていいよ。最近彩菜は少し疲れているだろ？」

彼の前では普段通り振る舞っているつもりだったのに……。

するどい翔真さんには私が落ち込んでいるのがばれていたようだ。

「おや。彩菜ちゃんは体調が悪いのかい？　それは心配だね」

お義父様にまで心配され、慌てて首を横に振る。

「いえ、そんなことは……！」

否定した私の横で、萌絵さんが「そうなんです」とうなずいた。

「最近、藤沢さんは食欲がないみたいで」

「萌絵さん」

「だって、今日もサラダしか食べてないでしょう」

その言葉に、ふたりの視線がテーブルの上に向く。私の前に置かれているのはカフェオレとほぼ手つかずの状態のサラダだけ。

それに気付いたお義父様が「おや」と私の顔を見る。

「体調が悪くて食欲がないってことは、もしかして？」

期待がこもった視線を向けられ、妊娠しているかもしれないと勘違いされているのに気付いた。翔真さんも驚いた様子で私を見る。

「ち、違います！」

私は慌てて首を横に振る。

「ちょっと忙しくて食欲がないだけですから」

そう説明したけれど、翔真さんは真剣な表情で私を見つめた。

「本当に？」

「本当です。体調にはなんの変化もありません」

問いかけに答えると翔真さんは息を吐き出した。

「そうか。早とちりをして悪かったね」

謝ってくれたお義父様に「いえ」と微笑む。

「再来週のパーティーはぜひ出席させてください」

「それは助かるよ。ありがとう彩菜ちゃん」

にっこりと笑うお義父様とは対照的に、翔真さんの表情は少し険しかった。

「彩菜。無理してないか？　調子が悪いならすぐにでも病院の予約をして、ちゃんと診てもらったほうがいい」

「そんな、わざわざ病院に行くほどでは」

「ひとりで行くのが不安なら俺もスケジュールを調整して付き添う。今週中にでも予定を空けて……」

彼はスマホを取り出そうとする。私はその勢いに圧倒されながら、「大丈夫ですよ。本当に」と首を横に振った。

「最近暑い日が続いていたから軽い夏バテだと思います。一時的なものなので、心配しないでください」

私の説明を聞いても翔真さんの心配は収まらず、「本当は無理してるんじゃないか？」と何度もたずねられた。

「本当に無理してません」

「じゃあ少しでも具合が悪かったら、我慢せずちゃんと言ってくれ。約束できる？」

翔真さんは長身をかがめ、私の顔をのぞき込む。真剣な表情で見つめられ、どきどきしながら「はい」とうなずいた。

それでも信用できないのか、翔真さんは萌絵さんのほうを向く。

「手島さんですよね。彩菜の体調のことを教えてくれてありがとうございます」

「いえ。彩菜ちゃんは私にとってもかわいい後輩ですから」

「もし彩菜が無理をしているようなら、また教えていただけますか？」

「もちろん。まかせてください！」と萌絵さんは胸を張る。

「翔真さん。そこまで心配しなくても」

私が困り顔をしていると、そのやりとりを見ていたお義父様が「相変わらず仲がいいようでよかった」と笑った。

翔真さんがここまで心配してくれるのは、私が頼りないからだろう。自分の未熟さが情けなくなる。

「そうだ。母さんが彩菜ちゃんと買い物に行きたいと言っていたんだ。体調に問題がないなら来週末あたりどうだい？」

「お買い物ですか？」

「あぁ。パーティー用のドレスを買ってあげたいと言っていてね。ドレスに合う靴やアクセサリーも選びたいと張り切っていたよ」

「そんな、わざわざ買っていただくなんて申し訳ないです」

私は冷や汗をかきながら断る。

「彩菜のドレスは俺が用意しますから、大丈夫ですよ」

翔真さんも私に同意してくれた。けれどお義父様は引く様子はなかった。

「そうやって断ると、母さんが『彩菜ちゃんを独り占めするつもりでしょう』と拗ねてしまうぞ。かわいい娘と一緒に買い物をしていろいろ買ってあげるのが、母さんの夢だったらしいから」

そう言われると断るのが申し訳なくなってしまう。少し困りながら翔真さんに耳打ちする。

「翔真さん、どうしましょう」

「まぁ、母が楽しみにしているなら断るのもかわいそうだし、彩菜の体調に問題がないなら付き合ってあげようか。一応来週末の予定を確認するから……」

私と話す翔真さんに、お義父様が「翔真はついてこなくていいらしいぞ」と付け足した。

「え？」

「女同士で買い物を楽しみたいから、翔真は邪魔だと言っていた」

翔真さんは不満そうな表情を浮かべた。そしてため息をつきながら私を見る。

「悪い。母さんには彩菜をあちこち連れ回して困らせないようにとちゃんと言っておくから」

「いえ、大丈夫ですよ。お義母様とお出かけできるのが楽しみです」

そんな話をしていると「社長。副社長。そろそろ」と落ち着いた声がした。

振り返った先には秘書の設楽さんがいた。多忙なふたりを迎えに来たんだろう。

「おや、もう時間か」

設楽さんの言葉に、お義父様は腕時計を確認してから翔真さんに目配せをする。翔真さんはうなずき、私のほうを見た。

「じゃあ行くよ」

「はい。お仕事がんばってくださいね」

翔真さんは私に微笑みかけてから食堂を出て行った。

ふたりが去ったあと、それまでのやりとりを見ていた萌絵さんが「はぁ～」と満足そうに息を吐き出す。

「副社長の相変わらずの過保護っぷり、いいわぁ～」

「過保護っぷり？」

私が目を瞬かせると、恋愛ドラマと妄想が大好きな萌絵さんが早口でしゃべりだした。

「副社長のあの真剣な顔見た？　本気で仕事を調整して彩菜ちゃんの病院に付き添うつもりだったわよ」

「まさか」

「彩菜ちゃんをパーティーへ参加させるのを渋っていたのも、体調の心配もあるけど本当は大切な妻をたくさんの男がいる場所に連れて行きたくないからじゃない？　かわいい彩菜ちゃんを独り占めして閉じ込めておきたいって気持ちが抑えきれなかったに違いないわ」

自信満々な口調で言う萌絵さんに、「そんなわけないですよ」と困惑しながら首を横に振る。

「それに、別れ際に彩菜ちゃんに笑いかけたときも、離れがたくて仕方がないって顔をしてたわよね。結婚して一緒に暮らしてるのに、あんなに熱い視線で見つめるなんて。彩菜ちゃん本当に溺愛されてるわー！」

「萌絵さん、想像力が豊かすぎますよ」

「でも、副社長が彩菜ちゃんを大切に思っているのはわかったでしょう？」

「それは……、そうですね」

優しい彼が私を心配し、大切にしてくれているのはちゃんと伝わってきた。

「やっぱり副社長に好きな人がいたなんて、なにかの間違いじゃない？」

「そうでしょうか……」

「きっとそうよ。それに悩んだところでどうしようもないことなんだから、忘れていいと思うわよ」

「そうですね。あまり気にしないようにします」

萌絵さんの明るいはげましに、少しだけ気持ちが軽くなった。

翌週末、私はお義母様とお買い物に来ていた。ドレスを探すために訪れたのは、世界的な高級ブランド。

店内に入るとすぐに女性スタッフが近づいてきた。

「いらっしゃいませ、吉永様。今日はどういったものを」

「今日は私のものじゃなく、彼女のパーティードレスを探しに来たの」

お義母様が笑顔で言うと、女性は「かしこまりました」とうなずく。

「色やデザインなどお好みのものはありますか？」

上品な笑みを向けられ、緊張しながら首を横に振った。

「いえ、とくには」

「ではおすすめのものをいくつかご用意いたしますね」

お義母様と私は奥にある応接室に案内された。豪華なソファがあり広々とした
フィッティングルームも併設されている、お得意様のための特別な空間。

すぐにスタッフの女性が数着のドレスを持って来てくれた。黒や深紅のはっきりとした色合いのものから、淡い色のかわいらしいものまで。様々なデザインのドレスが並べられる。

「いかがですか？」

「わぁ……、どれも素敵ですね」

華やかなドレスにため息をもらすと、「彩菜ちゃんが着たところを見てみたいわ！」とお義母様に試着をねだられた。

ドレスを試着しフィッティングルームから出た私を見て、お義母様が「とても素敵！」と声をあげる。

私が今着ているのは体にフィットした黒いロングドレス。背中が大きく開いていてセクシーなデザインだ。

「彩菜ちゃんは普段清楚で上品な服が多いけど、こういう色っぽいドレスもいいわね」

「ええ。本当にお似合いです」

ふたりの感想に戸惑いながら鏡を見る。

うしろ側が大きく開いたドレスだから、肩甲骨や背中がしっかり見える。上質な生地と美しいデザインのおかげで下品ではないけれど、普段肌が露出するような服は着ないから、なんだか落ち着かない。

「あの、とても素敵なんですが……。少し恥ずかしいです」

「そう？　たまにはセクシーな雰囲気で翔真をドキッとさせるのもいいんじゃないかしら」

たしかに。いつも翔真さんのかっこよさにドキドキさせられっぱなしだから、たまには私が翔真さんをドキッとさせてみたいとは思うけど……。

そう思いながら鏡に映った自分のうしろ姿を確認し、「や、やっぱり無理です……っ」と首を横に振った。

こんなに大胆に肌を出すのは恥ずかしい。

「では、こちらのドレスはいかがでしょう」

次にすすめられたのは、淡いブルーグレーのドレス。

試着をして鏡を見る。ビスチェタイプのドレスだけど、胸元や背中は繊細なレースで覆われていて肌が透けて綺麗に見えた。

スカートにはいくつものビジューや刺繍がほどこされていて、裾が揺れるたび光を反射して綺麗に輝く。

これなら露出も気にならないし、上品さとかわいらしさのバランスがいい。とても素敵なドレスだと思う。

「彩菜ちゃんらしくてかわいいわ！」

「とてもお似合いです」

お義母様もスタッフの女性も、笑顔で褒めてくれた。

「ありがとうございます」と照れながらお礼を言う。

ほかのドレスも試し、結局二番目に試着したブルーグレーのドレスに決めた。支払いをするのは当然お義母様で、恐縮しながらお礼を言う。

「素敵なドレスをありがとうございます」

「お礼を言うのは私のほうよ。彩菜ちゃんのドレス選びとっても楽しかったわ！」

お義母様な無邪気な笑顔を見て、思わず頬が緩んだ。

「このドレスなら髪はアップにしたほうが似合うわね。淡い色のドレスだから、ピアスはシンプルなダイヤがいいわ。一粒ダイヤのイヤリングがあるから、大急ぎでピアスに作り替えてもらうわね」

「そんな。高価なドレスを買ってもらった上に、ダイヤのピアスまでいただくなんて……！」

申し訳なくてそう言うと、お義母様がしょんぼりした表情になる。

「もしかして、私からのプレゼントは迷惑かしら」

「いえ。迷惑だなんてとんでもないです……！」

「迷惑じゃないなら受け取ってくれる？」

「え、あ。はい」

勢いに押されて首を縦に振ると、お義母様はすぐに笑顔になった。

「よかったわ！　パーティーでかわいいお嫁さんをみんなに自慢するのが今から楽しみ」

強引なのに憎めないところは悠希にそっくりだ。

「荷物になるから、ドレスは彩菜ちゃんのマンションに届けてもらうようにするわね」

「はい、ありがとうございます」

お義母様とふたりで応接室を出ると、お店の売り場にいた女性がこちらを振り返った。長身でスタイルのいい、存在感のある女性だった。

「あ……」とつぶやいた彼女は、笑顔を浮かべ近づいてくる。

「おば様。おひさしぶりです」

お義母様に親し気に声をかける。彼女に気付いたお義母様は「あら」と表情を明るくした。

「もしかして、亜希《あき》ちゃん？　偶然ね」

「お元気にされてました？」

近くで彼女を見て、色っぽくて綺麗な人だなと思う。どこかで見たような気がするけれど、どこでだったんだろう……。

私が考えていると、お義母様が私を紹介してくれた。

「彼女は翔真のお嫁さんなの。彩菜ちゃんっていうのよ」

こちらを見下ろす女性に「はじめまして」と頭を下げる。

「へぇ……。あなたが翔真の奥様なのね。お会いできてうれしいわ」

翔真さんを呼び捨てにしたことに驚いていると、亜希さんはまじまじと私を見つめた。観察するようなするどい視線に、少し居心地が悪くなる。

「彼女は飯島《いいじま》亜希ちゃん。亜希ちゃんは翔真のひとつ年上で、同じ高校に通っていたのよね？」

お義母様にたずねられた亜希さんは「はい」とうなずく。

「大学では離れてしまいましたけど」

そんな話をしていると、スタッフの女性がお義母様に声をかけた。

「吉永様。ドレスのお届け先を確認させていただいてもよろしいですか」

お義母様は「えぇ」とうなずいてその場を離れる。

亜希さんとふたりになり、「亜希さんと翔真さんは、高校時代の先輩後輩だったんですね」と話しかけると彼女は私を見下ろして微笑んだ。

「ここだけの話、翔真は私と一緒にいたいから、私の通っていた大学に近い大学を選んだのよ」

私の耳元に顔を寄せ、くすくすと肩を揺らして笑う。

彼女と一緒にいたいからという理由で大学を選んだなんて、よっぽど仲がよかったんだ。

「翔真が大学生になったとき、周りの女子大生たちが超イケメンの御曹司がいるって大騒ぎになったんだから。学校の近くで女の子たちに囲まれて困っている翔真を、いつも私が助けてあげていたの。そのころから翔真はずっと私に頼ってべったりだったわ」

彼女の言葉から、ふたりの親密さが伝わってきた。

「そうなんですか」

なんとか笑顔で相槌《あいづち》を打ちながらも、胸のあたりが痛んだ。もしかして、ふたりは付き合っていたんだろうか。

「それから、私実家は吉永自動車の取引先でもあるのよ。昔からおば様ともプライベートで交流があってね」

その言葉を聞いて「もしかして」とつぶやく。

「亜希さんは『飯島製作所《いいじませいさくじょ》』の……？」

私がたずねると、亜希さんは意外そうに「あら」と目を丸くする。

「父の会社を知っているのね」

「はい。吉永自動車の広報で働いているので」

「そうなの。具体的にはどういった仕事を？」

「今は創業五十周年の記念誌の製作を担当しています」

「あぁ。弟の信也《しんや》から聞いたわ。忙しいのに記念誌に掲載するための原稿を依頼されてるって。弟は翔真と同級生で、今は父のあとを継ぐために総務で勉強中なのよ」

記念誌制作のために飯島製作所にも協力を依頼していた。以前萌絵さんに、なかなかスムーズに進まなくて対応に困っていると相談したのが飯島製作所だった。

そんな話をしていると、お義母様が戻って来た。彼女は笑顔でお義母様に話しかける。

「おば様はなにを買われたんですか？」

「彩菜ちゃんのパーティードレスを買ったのよ」

「もしかして来週のパーティー用ですか？　私も行く予定なんです。彩菜さんが参加するってことは、翔真も来るんですよね」

「ええ。その予定」

「わぁ！　ひさしぶりに翔真に会えるのが楽しみです」

楽しそうに話すお義母様と亜希さんを見ているうちに、彼女をどこで見たのか思い出した。

翔真さんの剣道の大会に応援に来ていた女性だ。会場にいたたくさんの女の子たちの中で、ひと際大人びていて綺麗だったから覚えている。

十年経った今、彼女はあのころ以上に美しく色っぽくなっていた。

そのとき感じた劣等感や嫉妬心がよみがえり、胸の奥が焼け付くように痛んだ。

彼の秘密

パーティーは都内の高級ホテルのバンケットルームで開かれた。国会議員や各国の大使なども参加する豪華な集まりだった。

父の仕事の関係で華やかなパーティーには慣れているけれど、翔真さんの妻として参加をするのは初めてだ。

ホテルのエントランスに入り、会場に向かいながら深呼吸をする。すると隣を歩く翔真さんが私の顔をのぞき込んだ。

「緊張してる?」

優しく声をかけてくれた彼は、光沢のあるネイビーのスーツを着ていた。胸板が厚くスタイルがいいので、フォーマルな装いがものすごく似合う。

普段のスーツもいいけれど、隙なくドレスアップしたときの翔真さんのオーラはとてつもない。

ただ立っているだけで、人の心を奪ってしまいそうなまばゆさだ。魅力的すぎてもはや兵器なのでは。

今日の翔真さんもかっこよすぎます……！と叫び出したくなる気持ちを抑えながら、「大丈夫です」となんとかうなずく。

ホテル内で一番広いバンケットルームに入ると、会場にいた人たちの視線が吸い寄せられるようにこちらに集まった。

みんな翔真さんの気品と色気に圧倒されているんだろう。

会場にはたくさんの参加者たちがいるけれど、その中でも翔真さんのかっこよさは飛びぬけているから、注目を集めてしまうのも無理はない。

こんな素敵な人の隣にいるのが私なんかでいいんだろうか。

翔真さんは周囲からの熱い視線を集めながら私の腰を抱いた。体が近づき緊張で鼓動が速くなる。

今日私が着ているのはお義母様が選んでくれた、淡いブルーグレーのパーティードレス。

ドレスに合わせて髪をアップにし、ダイヤのピアスをつけている。

いつもは髪で隠れているうなじがあらわになっていて、少しだけ恥ずかしい。

そんな私に翔真さんが「彩菜、寒くない？」とたずねてきた。

「ありがとうございます。大丈夫ですよ」

「でも、肩や背中が透けているから温かくはないだろ。なにか羽織るものが必要なら用意させるよ」

バンケットルームはエアコンが効いていて涼しいけれど、寒いほどではない。

それなのにこんなに心配するということは……。

「もしかして、このドレス変ですか？」

ドレスが似合っていないからなにか羽織ったほうがいいという意味だろうか。

「お義母様もお店のスタッフの方も、似合うと褒めてくれたんですが……」

落ち込みながらつぶやいた私に、翔真さんは「いや」と慌てたように首を振った。

「似合ってるよ。とても綺麗だ」

「じゃあどうして……」

私が見上げると、翔真さんが視線をそらす。

「悪い。周りの視線が気になって余計な心配をしすぎた」

「周りの視線？」

首をかしげていると、「副社長。余裕がなさすぎですよ」とうしろから声をかけられた。振り返るとそこには秘書の設楽さんが立っていた。

翔真さんは今のやりとりを彼に聞かれていたことに気付き苦笑いをする。

設楽さんはいつも通りの真顔と感情の出ない冷静な口調で「ドレス、とてもお似合いですよ」と褒めてくれた。

「ありがとうございます」

「本日は秘書として帯同させていただきます。お邪魔でしょうがご容赦ください」

「いえ、とんでもないです。よろしくお願いいたします」

たくさんの人が出席するパーティーで、有能な秘書の設楽さんがいてくれるのは、翔真さんも心強いだろう。

私がそう言うと、設楽さんはわずかに目元を緩めてうなずいた。そして視線をあげあたりを見回す。

「それにしても、おふたりが一緒にいると目を引きますね」

そう言われ、私も会場の様子を見る。

相変わらず翔真さんは参加者たちの注目を集めていた。みんな私たちのやりとりが終わるのを待ち、話しかけるタイミングを計っているようだった。

「参加されてる方たちは、みんな翔真さんとお話ししたいみたいですね」

国内一の大企業の御曹司で有能で、しかもこんなに優れた外見を持つ魅力的な彼。参加者たちが翔真さんと親しくなりたいと思うのも無理はない。

「お話の邪魔になるようでしたら、私は少し離れていましょうか」

　そう言うと翔真さんはすぐにかぶりを振った。

「いや。隣にいてほしい。彩菜をひとりにするのは心配だから」

「そんな心配しなくても、翔真さんの評判を落とすようなことはしませんよ」

「そうじゃなくて……」

　私たちが話をしていると、「翔真、来たか」と声をかけられた。

　やって来たのはブラックスーツを着たお義父様とお着物姿のお義母様。お義母様は私を見てうれしそうに目を細める。

「彩菜ちゃん。やっぱりそのドレス素敵ね。ピアスもとても似合ってる」

　お義母様の言葉に「ありがとうございます」と頭を下げる。

「本当に綺麗すぎて、翔真が過保護になる気持ちもわかるわ」

「翔真さんが過保護に？」

「今まで何度もパーティーに誘ったのに、翔真はなかなか彩菜ちゃんを連れて来てくれないんだもの」

「そうだったんですか」

　そんな話は一度も聞いていなかった。私が知らないところで翔真さんが断っていたんだろう。

「何度翔真に言っても話を流されるから、今回は主人がしびれを切らして直接彩菜ちゃんを誘ったのよ」

「翔真は普段私たちの頼みならなんでも聞いてくれるのに、彩菜ちゃんに関することだけは頑固になるんだよな」

私たちが政略結婚をした目的のひとつは、藤沢家の人脈を有効に使いたいからだったはずだ。そのためには、藤沢家のひとり娘である私が妻として社交の場に出る必要があるのに。

どうして翔真さんは私と一緒にパーティーに出席するのを渋っていたんだろう。

「彩菜をパーティーに出席させなかったのは、彼女に余計な負担をかけたくなかったからです」

翔真さんはお義母様に向かって穏やかに微笑み説明する。

「あら。独占欲じゃないのね。かわいい彩菜ちゃんをほかの男性に取られないように、閉じ込めておくつもりなんだと思っていたわ」

「なにを言っているんですか。彩菜を束縛するようなことはしませんよ」

翔真さんの言葉に、私もうなずく。

「そうですよ。翔真さんが私を束縛するわけないです」

「そう? じゃあ、ちょっと彩菜ちゃんを借りてもいいかしら」

お義母様は私の腕に自分の腕を絡めた。

「このパーティーには私のお友達も来ているから、かわいい娘を紹介したいのよ」

無邪気に言うお義母様に、お義父様が優しい表情で微笑んだ。

「いいんじゃないか。どうせ私と翔真は仕事の話ばかりになるから、彩菜ちゃんも退屈だろう」

「ね? いいでしょう?」

翔真さんが渋るような表情を見せると、そのやりとりを聞いていた設楽さんも口を開く。

「奥様とご一緒なら、変な輩に声をかけられることもないでしょうし安心だと思いますよ」

翔真さんは息を吐き出し「わかりました」とうなずく。

「あまり彩菜を連れ回して、疲れさせないでくださいね」

「わかってるわよ。本当に過保護なんだから。じゃあ行きましょう、彩菜ちゃん」

お義母様に手を取られパーティー会場を歩く。吉永自動車の社長夫人とあって、お義母様にはたくさんの知り合いがいた。

行く先々で声をかけられ挨拶をする。お義母様は私のことを長男の翔真さんの妻として紹介してくれた。

「まぁ、とてもかわいいお嫁さんね」

そんな誉め言葉に、お義母様は「そうでしょう」と胸を張る。

「彼女のドレスは私が選んだのよ」

「とても素敵だなと思っていたの。どこのドレスなの？」

女性同士の話題は尽きず、わきあいあいと盛り上がる。私の父と母を知っているという人もいて、いろいろなお話ができた。

そんな賑やかな会場で、話題の中心にいるのはやっぱり翔真さんだった。

「吉永自動車の御曹司が来てる」

「実際に見ると色気がすごいわね」

翔真さんに熱い視線を向けながら、頬を染める女性を何人も見た。

こうやって少し離れた場所から見ると翔真さんの魅力がよくわかる。

綺麗な立ち居振る舞いに、穏やかな表情と整った顔立ち。内側からにじみ出る自信と余裕のせいか、上品なのに色っぽくてほれぼれするほどかっこいい。

思わず見とれていると、ひとりの女性が翔真さんに近づくのが見えた。

「翔真！」と声を弾ませ彼の名前を呼ぶ長身の女性。先週末お店で会った、亜希さんだ。

「ひさしぶりね。元気にしてた？」

亜希さんは大きく両手を広げ翔真さんに抱き着いた。

翔真さんは冷静な表情で彼女のハグを受け止める。

「亜希。来てたのか」

「えぇ。弟の信也もいるわよ」

微笑む彼女は、黒いドレスを着ていた。私が試着し買うのをやめた、背中が大きく開いたドレス。

セクシーなドレスは大人っぽい亜希さんにとても似合っていた。

そして翔真さんと並ぶと、ふたりとも長身で美男美女でお似合いに見えた。私なんかよりもずっと。

翔真さんはただ学生時代からの友人に会い、挨拶をしているだけだ。そう自分に言い聞かせたけれど、胸のあたりが苦しくなる。

ふたりの仲のいい姿を見たくなくてさりげなく顔を背けた。

「彩菜ちゃん。どうしたの？」

私の表情が暗くなったのに気付いたお義母様が声をかけてくれた。私は笑顔を作り誤魔化す。

「たくさんの人とお話ししていたら、少し疲れてしまって。気分転換にロビーを歩いてきてもいいですか？」

「もちろんいいわよ。じゃあ、私も一緒に……」

「いえ。ひとりで大丈夫ですから」

優しいお義母様に首を横に振り会場を出る。廊下に出て扉を閉めると、賑やかな声が遠ざかり一気に静かになった。

気持ちが落ち着くまで少しひとりでいよう。

私はゆっくりと息を吐き出し歩き出す。

ホテルのロビーからは、見事な庭園が見渡せた。

手入れの行き届いたイングリッシュガーデン。色とりどりのバラやクレマチスが美しいアーチを作り景色を彩っていた。

「綺麗……」

そうもらしたとき、うしろから靴音が近づいてきた。

誰だろうと振り返る。そこにいたのは見覚えのない男性だった。

たぶんパーティーの参加者だろう。スーツを着た三十歳くらいの男性は、私と目が合うと足を止めた。

「あんたが翔真の嫁か」

彼は横柄に言い私を見下ろす。翔真さんの知り合いなんだろうか。それにしては視線や口調に敵意を感じる。

「はい……、吉永彩菜と申します」

戸惑いながら頭を下げる。彼は値踏みするように私を見下ろし、唇の端を引き上げた。

「翔真が年下の幼なじみと強引に政略結婚させられたって聞いたから、どんな相手なのか気になってたんだ」

彼から言われた言葉に息をのむ。

「強引に政略結婚させられたって、翔真さんが言っていたんですか？」

「いや、翔真からじゃなく姉から聞いた」

「姉って……」

そうつぶやいてから、亜希さんの顔が頭に浮かんだ。

「もしかして、亜希さんの弟さんですか……？」

亜希さんは翔真さんと同級生の弟がいると言っていた。たしか名前は信也さん。

私がたずねると、彼はうなずいた。

「あぁ。亜希は俺の姉だよ。学生時代からふたりは仲がよかったし、みんなお似合いだって言ってた。姉は翔真と結婚するつもりだって言っていたのに、まさか政略結婚させられるなんてな」

亜希さんは翔真さんと結婚するつもりだったということは……。

「もしかして、翔真さんが本当に結婚したかった相手って、亜希さんなんですか？」

「本当に結婚したかった相手？」

「悠希から……、翔真さんの弟から聞いたんです。彼は私と結婚する前にずっと好きな人がいて、その人と結婚したがっていたって」

青ざめながらたずねた私を見て、信也さんは少し考えたあとゆかいそうに笑ってうなずいた。

「あぁ、間違いない。そうだよ。その相手が俺の姉だ」

その言葉に目の前が真っ暗になる。

たしかにふたりは親しそうだったし、とてもお似合いだった。だけど……、とすがるような気持ちで彼を見上げる。

「でも、翔真さんが本当に亜希さんのことが好きだったなら、政略結婚なんて断るんじゃ」

信也さんは憐れむような表情で私を見た。

「翔真が両親から提案された政略結婚を、断れるわけないだろ」

「え……？」

「なにも知らされていないんだな。翔真がどうして両親に逆らえないのか」

「逆らえないって……」

信也さんの言葉に、悠希と交わした会話を思い出す。悠希も、翔真さんがご両親に遠慮しすぎていると不満をもらしていた。

翔真さんはご両親の言うことに従い、理想の息子であろうと努力をし続け、自分の気持ちを押し殺してきた。なぜそこまでするのかと不思議に思っていたけど……。

「なにか、理由があるんですか？」

震える声でたずねたとき、うしろから名前を呼ばれた。

「彩菜さん」

振り返ると、そこには設楽さんが立っていた。

「こんなところにいましたか。会場内に姿がないので副社長が心配していましたよ」

冷静な声で言いこちらに近づいてくる。私が青ざめているのに気付いた彼はわずかに眉を寄せた。

「どうかされましたか」

設楽さんは警戒心を隠さず、目の前の男性にするどい視線を送る。設楽さんに睨まれた信也さんは、肩をあげて笑った。

「残念。邪魔が入ったな。じゃあ俺は行くわ」

そう言い残し足早に立ち去る。設楽さんは去っていく彼のうしろ姿を険しい表情で見ていた。

「彩菜さん。大丈夫でしたか?」

「はい……。少し話をしていただけなので」

「彼とはどんな会話を?」

設楽さんの問いかけに、なんと答えればいいのかわからず視線を落とす。

「ただ、世間話をしていただけです」

そう言って誤魔化すと、設楽さんはため息をついた。私が嘘をついているのが伝わってしまったんだろう。

「なにを言われたかはわかりませんが、真に受ける必要はありませんよ」

いつもの淡々とした口調でそう言ってくれた。

「……ありがとうございます」

設楽さんの言葉に感謝をしながらも、亜希さんの存在と彼が言っていた言葉が頭から離れず、胸の中に生まれた不安は大きくなる。

「彩菜」

よく通る声に名前を呼ばれ顔をあげると、翔真さんがこちらに歩いてくるのが見えた。

「翔真さん……」

「姿が見えないから、心配した」

設楽さんと一緒にいる私を見て、ほっとしたように息を吐き出す。

「すみません。ちょっと疲れてしまって、ロビーをお散歩していました」

「そう」

優しい表情でうなずいた彼に、設楽さんが近づきなにかを耳打ちする。途端に翔真さんの表情が厳しくなった。

「信也と話していたんだな。なにか言われた？」

静かに問われ、慌てて首を横に振る。

「あの、ただ世間話をしていただけで……」

それだけじゃないだろ？と疑うような表情で見つめられた。だけど私はそれ以上なにも言えなかった。

『本当は亜希さんと結婚したかったんですか？』なんてこわくて聞けない。もし『そうだよ』とうなずかれたら……。考えるだけで胸が苦しくなる。

私がうつむいていると、翔真さんが手を伸ばしぽんと頭をなでてくれた。視線をあげると、優しく微笑みかけられる。

「彩菜。今日は家に帰らないで、このホテルに泊まろうか」

「え？」

「たまにはいいだろ」

翔真さんは設楽さんに目配せをすると、私を連れて歩き出した。

「翔真さん、パーティーはいいんですか？」

「あぁ。もう抜けても問題ない」

「じゃあ、お義父様とお義母様にご挨拶を……」

「いいよ。両親には設楽さんが先に帰ると伝えてくれるから」

いつになく強引な彼に連れられエレベーターに乗る。到着したのは高層階の部屋だった。

一歩中に足を踏み入れて「わぁ」とため息をもらす。広々としたリビングがあり奥にはベッドルームが続く、豪華なスイートルームだ。

「素敵なお部屋……」

私が室内を見渡していると、「おいで」と手を引かれ窓際に連れて行かれた。窓の外に広がる都心の夜景に見とれていると、ドンという音と共に夜空に大きな光の花が開いた。

「え……！」

「ちょうどいいタイミングだったな」

私は目を瞬かせながら、隣にいる翔真さんを見る。

「今日花火大会が開かれているの知らなかった？」

「どうして花火が？」

「そういえば……」

「このホテルから見られると聞いて、部屋を取っておいたんだ」

そんな会話をしていると、窓の外でまた花火が開く。色とりどりの花火が次々に打ち上がり、夜空を美しく彩る。

見上げるのではなく、同じ目線で花火を見るのは初めてだった。

花火は目の前ではじけ、一瞬で燃え尽きていく。その力強さと儚さに見とれながら

「綺麗……」とつぶやく。

「お部屋から花火を見られるなんて、こんな贅沢初めてです」

感激しながら言うと、翔真さんが優しく笑った。

「よろこんでもらえてよかった」

ふたりきりの静かな空間で花火を見られたこともうれしいけれど、私をよろこばせるために部屋を取ってくれた、その気持ちがなによりうれしかった。

大輪の花火が打ち上がり、夜空を鮮やかに染める。

私は花火に見とれるふりをしながら、こっそり翔真さんの横顔に視線を向ける。涼し気な黒い瞳が、花火の光を反射してとても綺麗に見えた。

翔真さんが好きで好きで仕方なくて、胸が苦しくなる。

思わず顔をふせると、「どうかした？」とたずねられた。

「いえ、なんでも……」

なんとか誤魔化そうとしたのに、あごをすくい上げられ顔をのぞき込まれる。

「なんでもなくないだろ?」

そう問われ、私は黙り込んだ。彼に聞きたいことはたくさんあるけど、聞くのは怖い。

葛藤する私を翔真さんはじっと見つめていた。

「どんなことでも受け止めるから、ちゃんと話してほしい」

真剣な口調で言われ、おずおずと口を開く。

「あの、今日パーティーに参加していた飯島亜希さんが……」

そう言うと、翔真さんは「亜希?」と首をかしげた。

亜希さんと付き合っていたんですか? 彼女との結婚を考えていたんですか? そうたずねようとして、でも勇気が出なかった。

「亜希がどうかした?」

「いえ、すごく綺麗な人だったので」

そう言って誤魔化す。

「亜希さんは翔真さんの高校時代の先輩だったんですよね。あんな綺麗な人がすぐそばにいたら、きっと惹かれてしまうだろうなって……」

「亜希が綺麗だと思ったことはないけど」

そう言われ、思わず「綺麗ですよ！」と力強く反論してしまった。そんな私を見て、翔真さんは小さく笑う。

「俺の基準は彩菜だから、ほかの女性を綺麗だと感じなくなってた」

「どういう意味ですか？」

「彩菜が魅力的すぎるって意味だよ」

少し首をかたむけて私を見る。その視線が色っぽくて頬が熱くなった。

「からかわないでください」

私と亜希さんとなら、誰が見たって亜希さんのほうが綺麗で魅力的なのに。

「彩菜は自分がどれだけ魅力的か自覚したほうがいい」

「そんなこと……」

「パーティーでも参加者たちが、彩菜を目で追っていたのに気付いていなかっただろ」

「私ではなく翔真さんを見ていたんだと思いますよ」

そう主張する私を見て翔真さんは苦笑した。

「俺が普段から陰でどれだけ手を回してるかも知らないで」

「え……？」

どういう意味だろうと目を瞬かせると、翔真さんが手を伸ばし私の頬に触れた。その感触が気持ちよくて「ん……」と吐息がもれる。

長い腕が私の腰に回り、抱き寄せられた。

「翔真さん……？」

翔真さんがまっすぐに私を見つめる。ぞくっとするほどの色気に体の奥が熱くなる。

翔真さんがゆっくりと体をかがめ私の首筋に顔をうずめた。鎖骨のあたりを甘噛みされ、背筋が跳ねる。

彼の手が背中に回り、ドレスのチャックがゆっくりと下ろされた。そこから長い指がすべり込みそっと肌をなでる。

頬をくすぐる柔らかい髪や、肌に触れた唇の温度や、服の中に潜る指の感触。すべてが気持ちよくて、唇から「んん……っ」と甘い声が出た。

彼の整った表情に、欲情が浮かんでいるのがわかった。熱を帯びた視線で見つめられ、鼓動が速くなる。

いつもは私の排卵日に合わせて約束をしてから抱き合っていたから、こんなふうに前置きなく求められるのは初めてだ。

「あの、今日は排卵日じゃないですよ……？」

戸惑いながらそう言うと、翔真さんはまっすぐに私を見つめる。

「彩菜を抱きたい。だめ？」

色っぽい表情で問われ、心臓が大きく跳ねた。

だめなわけない。子作りとは関係なく翔真さんに求めてもらえるなんて、うれしいに決まってる。

そう思っている間に、翔真さんは私の肩をゆっくりとなぞり、着ていたドレスを床に落とす。恥ずかしくて腕で体を隠そうとすると、翔真さんに手首を優しく掴まれた。

頬を熱くする私を見つめながら、体をかがめ胸元にキスをする。

気持ちよさに身をよじると、翔真さんは「かわいい」とささやいた。艶のある甘い声に、なにも考えられなくなる。

体の中心が熱くとろけていくのがわかった。敏感な部分をゆっくりとなぞられ、喉がのけぞる。

「あ……っ、翔真さん……」

たくましい肩にしがみつき声をもらす。そんな私を見下ろし、翔真さんは熱い息を吐き出した。

ネクタイを緩め、胸元のボタンを外す。スーツを床に脱ぎ捨てると、目にかかる髪をかきあげこちらを見つめた。

めまいがしそうなくらい男っぽい表情に体の奥がきゅんとうずく。

窓の外ではいくつもの花火が打ち上がり、夜空を色鮮やかに染めていた。

私はその美しさに見とれる余裕もなく、翔真さんから与えられる快楽に溺れていった。

私がベッドの上でまどろんでいると、翔真さんが飲み物を持ってやって来た。

「喉、かわいただろ」

そう言われゆっくりと体を起こす。常温のお水を差し出された。

「ありがとうございます」とお礼を言って受け取る。

喉を潤《うるお》すお水がとてもおいしく感じた。

水を飲みはぁっと息を吐き出す。そんな私を見て、翔真さんが「ごめん」と謝った。

「え……？」

どうして謝るんだろうと不思議に思い彼を見つめる。

「花火を見せてあげるつもりだったのに」

そう言われ、頬が熱くなる。

せっかく花火が見られる素敵なお部屋に泊ったのに、花火を楽しむ余裕はまったくなかった。

「だ、大丈夫です。花火はまた見られますし」

それよりも、子作りに関係なく翔真さんに抱いてもらえたことがうれしかった。そんなこと、恥ずかしくて素直に言えないけど。

「そう言ってもらえると助かる」

「今度は、お部屋からじゃなく会場から花火を見上げたいです」

「いいね。たしか次の金曜も花火大会があったはずだし、ふたりで浴衣を着ていこうか」

「本当ですか？」

思わず声がはずんだ。

翔真さんの浴衣姿は絶対色っぽくてかっこいい。想像するだけで胸がおどる。

「屋台もあちこち見て回りたいです。わたあめ食べたり、たこ焼き食べたり」

目を輝かせて身を乗り出すと、翔真さんがふっと笑った。

「なんですか？」

「いや、浴衣姿であれこれ頑張る彩菜はかわいいだろうなと思って」

屋台の食べ物によろこぶなんて、子どもっぽかっただろうか。恥ずかしくなってうつむくと、翔真さんが私を抱き寄せた。

「花火大会は人が多いから、はぐれないように手を繋いでおかないとな」

そう言われ「はい」とうなずく。

翔真さんと浴衣を着て手を繋いで花火を見上げる。想像するだけで幸せで、胸がいっぱいになった。

亜希さんの存在も信也さんの言葉も気になる。だけど、今こうやって優しくしてくれる翔真さんのことを信じたいと思った。

不穏な予感

翌週の木曜日。

私が仕事を終えマンションに帰ると、クリーニングに出していた翔真さんのスーツが戻って来ていた。

「部屋までお持ちしましょうか？」というコンシェルジュの男性の申し出を断って、クリーニングされた服を受け取りエレベーターに乗る。

しわにならないうちに翔真さんのスーツをクローゼットにしまおう。そう思い、玄関を開けてまっすぐ彼の寝室に向かった。

大きなベッドが置かれた落ち着いた寝室。奥には広々としたウォーキングクローゼットがあり、たくさんのスーツや私服が収納されている。

洋服だけでなくベルトや時計なんかも整然と並んでいて、まるでセレクトショップのようだ。翔真さんの合理的で几帳面な性格が伝わってくる。

ちなみに私の寝室にも同じくらい大きなクローゼットがある。

引っ越してきたばかりのころは、洋服の収納のためにこの広さは無駄なのではと思っていたけれど、翔真さんと結婚してから私の服やドレスはどんどん増えていき、この大きさのクローゼットは必要だったんだなと納得した。

クリーニングから返って来たスーツをクローゼットにかける。

翔真さんのスーツはすべてフルオーダーだ。シャツも長身の彼に合わせて仕立てられたもので、一緒に身に着けるネクタイや革靴ももちろん高級品。

スーツを着た翔真さんは本当に上品でかっこいい。仕事中の彼の姿を思い浮かべるだけで頬が熱くなる。

スタイルがいい翔真さんは、もちろんスーツだけじゃなくどんな格好でも似合ってしまう。

明日の花火大会で、彼の浴衣姿を見るのも楽しみだなぁ……。

ひとり胸をおどらせていると、玄関のほうから鍵が開く音がした。

翔真さんが帰って来たんだと気付き、彼を出迎えるために廊下に出た。

「おかえりなさい、翔真さん。お仕事お疲れ様です」

「ただいま、彩菜」

私の名前を呼ぶその声が世界で一番好きだ。

「今日は早かったですね。まだ夕食の準備ができていなくて……」

リビングに移動しながら謝ると「いいよ、そんなこと」と翔真さんが優しく笑いソファに座った。

「おいで」と隣に座るようにうながされ、うなずいて腰を下ろす。

「明日から出張することになった。今日はその準備もあって早めに帰って来たんだ」

「どこに行かれるんですか？」

「北海道《ほっかいどう》に」

「明日から、札幌《さっぽろ》でモーターショーが開かれる予定ですもんね」

モーターショーと呼ばれる自動車展示会は、東京《とうきょう》をはじめ大阪《おおさか》や福岡《ふくおか》など各地で開催されている。

もちろん吉永自動車もブースを出していて、発売予定の新車や次世代のコンセプトカーを出展する予定だ。

「あちらの主催者からぜひステージに登壇してほしいと誘いがあったんだ。断っていたんだけど、どうしてもとお願いされて」

日本の自動車業界のプリンスと注目を集める翔真さんがイベントに参加すれば、話題になるのは間違いない。

主催者がぜひにとお願いするのもうなずける。

「ついでに北海道の工場を視察してくるから、三日間ほど行ってくることになった」

「ということは、帰りは日曜日ですか？」

翔真さんは「ああ」とうなずいてから私を見た。

「一緒に花火を見に行くと約束していたのに、ごめん」

「そんな、気にしないでください」

私との約束より、仕事を優先するのは当然だ。

「彩菜はわたあめやたこ焼きを食べるんだって、あんなに楽しみにしていたのに」

「そ、そんなふうに言ったら、私が食い意地が張っているみたいじゃないですか……っ」

真っ赤になりながら言い返すと、翔真さんが優しく笑う。

「私のことは気にしないでください」

「怒ってない？」

「怒るわけないです」

きっぱりと否定してから、「でも」と小さい声で本音をもらす。

「浴衣を着た翔真さんが見られないのは、少し残念です」

「俺も、彩菜の浴衣姿が見られなくて残念だよ」

そう言ってくれる優しい彼が、大好きだと思った。

「忙しいと思いますが、無理しないでくださいね」

翔真さんはうなずき私の腰を引き寄せると、優しく抱きしめてくれた。

翌日。翔真さんは早い時間に家を出て空港へと向かった。

いつも通り出社し働いていると、私宛に電話がかかってきた。その電話は、飯島製作所からだった。

亜希さんと信也さんの顔が頭に浮かび、緊張しながら電話に出る。

「お電話代わりました。藤沢です」

電話口で名乗ると、『藤沢？』と不思議そうな声がした。

『翔真と結婚しているから、吉永じゃないのか？』

その言葉で、電話の主が信也さんだとわかった。

「失礼しました。職場では旧姓で働いておりまして」

『なるほど。それはいいな。離婚したときに面倒がない』

向けられた悪意に戸惑いながら、「どんなご用件でしょうか」となんとか冷静に返す。

『用があるのはそっちじゃないか？　翔真の秘密を聞きたいだろ？』

「それは……」

『とりあえず、電話でするような話じゃないし、直接話したいから午後から会社に来てくれ』

そう言って電話は切られ、私はため息をついた。

「彩菜ちゃん。どうかした？」

隣にいた萌絵さんが心配するように声をかけてくれた。

「いえ。なんでもないです。午後から飯島製作所さんに行ってきます」

私がそう言うと、萌絵さんは「飯島製作所……」とつぶやく。

「記念誌の原稿がうまく進んでないって言っていた会社よね。面倒なことになりそうなら、私もついていこうか？」

優しい萌絵さんに、「いえ、大丈夫です」と首を横に振った。

午後から飯島製作所へと向かう。

飯島製作所は下請け企業のひとつで、従業員百人ほどの金型を作っている会社だ。

一台の自動車には約三万個もの部品が使われ、そのほとんどが金型を用いて作られる。

世界有数の自動車メーカーである吉永自動車は、こういった中小企業の協力のおかげで成り立っているといっていい。

その感謝の気持ちを形にしたいという社長の意向で、今回の創業五十周年の記念誌には協力企業の功績についても掲載する予定だ。

一カ月ほど前に記念誌制作への協力をお願いしたところ、飯島社長からは『よろこんで』と快いお返事をいただけた。

けれど実際に担当してくれる総務の方は、細かな難癖をつけるばかりでまったく作業が進まなかった。

まるでわざと妨害しているかのような対応に困っていたけれど、それが信也さんだったんだろう。

応接室に通され、しばらくしてドアがノックされた。入って来た信也さんは、私を見て目を細める。

ここは取引先で、私は吉永自動車の広報としてやって来た。気持ちを切り替え、挨拶をしようとソファから立ち上がる。

けれど信也さんは面倒くさそうに首を横に振った。

「堅苦しい挨拶はいい。本題に入ろうか」

そう言って乱暴にソファに腰を下ろす。

「聞きたいんだろ？　翔真がどうして両親に逆らえないのか」

「そんなこと別に……」

私は信也さんの言葉よりも、翔真さんを信じたい。そう思い視線をそらすと「強がるなよ」と笑われた。

「本当は、気になって仕方ないくせに。だからわざわざここまで来たんだろ」

彼の言葉にぎゅっとこぶしを握る。たしかに、本当は気になっていた。翔真さんがどうしてあんなにも自分の家族に他人行儀なのか。

葛藤する私を見ながら、信也さんは笑って口を開いた。

「愛人の子どもなんだよ」

唐突に言われ、意味がわからず目を瞬かせた。

愛人の子？　誰が？　混乱しながら信也さんの顔を見る。

動揺を隠せずにいる私を見て、彼は目を細めて笑った。

「やっぱり知らなかったんだな」

「あの。それは、どういう……」

「翔真だよ。あいつは愛人の子なんだ。現社長が不貞を働き、妻を裏切って作った子ども」

「そんなはずは」

咄嗟に言い返したけれど、私の声には動揺が滲んでいた。

「俺が嘘をついてるって言うのか？」

「だって、そんな……。信じられるわけがないです」

「じゃあ聞くが、翔真が社長の妻とまったく似ていないのを疑問に思ったことはないのか？　弟はあんなに母親似なのに」

以前から翔真さんはお義父様似で、悠希はお義母様似だなとは思っていた。だけど、それだけで血の繋がりがないという証明にはならない。

「彼が婚外子なら、吉永家で育てられたのはおかしいと思います」

私と翔真さんは幼なじみで、小さなころから一緒に遊んでいた。そんな彼が、愛人の子どもだなんてとても信じられない。

「翔真が愛人の子なのに吉永家で育てられたのは、実の母親に捨てられたからだろ」

「捨てられた……？」

青ざめる私とは対照的に、信也さんは楽しくて仕方ないというように肩を震わせ笑っていた。

「あぁ。母親から『こんな子どもはいらない』と捨てられたから、仕方なく吉永家が引き取って育てたんだ。社長の妻は夫に裏切られた上に、憎い愛人の子どもである翔真を育てろと命令されて、どんな気持ちだっただろうな。きっと翔真のことを死ぬほど憎んでいるだろうな」

「まさか……」

「俺の両親は、昔から吉永自動車と交流があった。父親から聞いたんだから間違いない」

信じたくないのに、心のどこかでもしかしたらと思ってしまう自分もいた。

私自身、翔真さんの態度に違和感を抱いていたからだ。

翔真さんはご両親に対して常に敬語で話し、どこか距離を置いているように見えた。

悠希に対しても遠慮と劣等感を持っているように見えた。

翔真さんのあの言動が、自分は婚外子だという罪悪感から来ているものなら納得できる。

喉のあたりがぎゅっと締まって声が出なかった。ただうつむき握りしめた手を見下ろす。

そんな私を見て、信也さんはゆかいそうに笑った。

「誰からも必要とされず捨てられた子どもだから、育ててくれた吉永家に大きな恩を感じてた。好きでもない女と結婚しろと言われて、断れないくらいに」

好きでもない女という言葉を聞いて、胸が引き裂かれるように痛む。

「でもっ、翔真さんは私をとても大切にしてくれています。この前のパーティーのあとだって、私をよろこばせるために部屋を取ってくれて……」

すがるような気持で言い返すと、「ははは！」と大きな笑い声で話を遮られた。

「そりゃ優しくするだろ。あんたと夫婦でいるとメリットがあるから」

「メリット……」

「パーティーのあとに部屋を取ったのは、秘書からあんたの機嫌を取っておいたほうがいいとアドバイスでもされたんじゃないか？」

そういえば、あのとき翔真さんは設楽さんになにか耳打ちをされていた。その様子を思い出し、背筋が冷たくなる。

あの時間を幸せだと感じていたのは、私だけだったんだろうか。翔真さんは私の機嫌を取るために、一緒にいてくれただけなんだろうか。

それに、翔真さんがお義母様の実の子どもじゃないなんて……。

もし信也さんの言葉が真実だとしたら、翔真さんは今までどれだけひとりで苦しんできたんだろう。彼の気持ちを思うと、胸が激しく痛んだ。

飯島製作所を出たときにはすでに就業時間を過ぎていた。会社に連絡すると萌絵さんが出て、『このまま自宅に帰って大丈夫よ』と言ってくれた。

「ありがとうございます」と力なくお礼を言って駅に向かう。足早に駅に向かう人たちの背中を眺めながら、ぼんやりと歩く私をたくさんの人が追い越していった。

翔真さんは、本当にお義父様と愛人との間に生まれた子どもなんだろうか……。

信じたくない気持ちと、信也さんから言われた言葉を頭の中で整理する。

もしかしたらという疑いが胸の中にうずまいていた。

翔真さんが婚外子だったとしたら、育ててくれたお義母様に大きな恩と罪悪感を抱いていたはずだ。

そんなお義母様にすすめられたとしたら、翔真さんはどんなに亜希さんのことが好きだったとしても政略結婚を断れるわけがない。

重い足取りで歩いているうちに、涙が込み上げてくる。

小さなころから翔真さんが好きだった。ずっと彼に憧れてきた。夫婦になれて一緒に暮らせて本当に幸せだった。そう実感する。

涙をこらえながら立ち尽くしているとポケットの中に入れていたスマホが震えた。取り出して画面を見る。翔真さんからの着信だった。

「……もしもし」

『彩菜？』

電話の向こうから、大好きな翔真さんの声が聞こえてきた。

『今、大丈夫？』

私はゆっくりと息を吐き出し「はい」とうなずく。

「大丈夫ですけど、なにかありましたか？」

札幌にいる翔真さんは、ちょうどモーターショーが終わり一段落した時間だろう。

『ただ、彩菜の声が聞きたくなったんだ』

その優しい言葉に、胸がぎゅっと締め付けられる。

どうして私がこんな気持ちでいるときに、電話をかけてきてくれたんだろう。タイミングがよすぎるよ……と心の中でつぶやく。

『声に元気がないけど、なにかあった？』

たぶん神様が言ってるんだ。逃げてばかりいないで、ちゃんと話しなさいって。目をそらさずに、事実を受け止めなさいって。

私はゆっくりと息を吐き出し、覚悟を決めて口を開いた。

「今日、仕事で飯島製作所さんに行って来たんです。翔真さんの同級生の、信也さんと話をしました」

『──信也に、なにか言われた？』

「はい」

素直にうなずくと、電話の向こうの翔真さんがため息をつく。

「翔真さんの出生について聞きました」

『そうか』

「信也さんが言ったことは、本当なんですか？」

私の問いかけに、翔真さんは低い声で『本当だよ』と静かに答える。

「本当って……。どこからどこまでが……？」

『あいつからなにを聞いたのかはわからないけど、俺が父の不倫の末にできた子どもで、その母親に捨てられ吉永家で育てられたということは事実だ』

「そんな……」

まさかという気持ちとやっぱりという気持ちが同時にわき上がる。

『黙っていてごめん』

「いいんです。そんなこと」

私にとっては、翔真さんの出生にどんな事情があっても関係ない。そんなことで彼への想いが揺らいだりしない。だけど……。

「ただ、ひとつ教えてください」

『なに？』

「前に悠希から、翔真さんが一度だけわがままを言ったことがあるって聞いたんです」

『わがまま？』

「私と結婚する前。翔真さんにはずっと好きだった人がいたって。その人と結婚するためにわがままを言ったって」

心のどこかで、翔真さんが『そんなの嘘だよ』と笑ってくれるのを期待していた。『ずっと好きだった人なんていないよ。悠希が勝手に誤解しただけだよ』そんな返事を願っていた。

だけど翔真さんはゆっくりと息を吐き出しただけでなにも答えなかった。

街の雑踏がやけに大きく響いていた。必死にスマホを握り耳を澄ませたけれど、翔真さんは黙り込んだままだった。その沈黙で悠希の言葉が嘘ではないんだと悟る。

「本当なんですか……？」

震える声でたずねる。電話の向こうで彼が静かにうなずく気配がした。

息をのんだ私に、翔真さんは『彩菜には知られたくなかった』とつぶやく。

翔真さんは政略結婚なんてしたくなかったんだ……。そう知って、目の前が真っ暗になった気がした。

パーティーで見た、翔真さんと亜希さんの姿を思い出す。ふたりとも長身で大人っぽくてとてもお似合いだった。

大学時代からずっとふたりは想い合っていたんだろう。そんなふたりの仲を引き裂いてしまった。私がわがままを言ったから。

「翔真さんは、今でもその人が好きなんですか？」

胸に痛みを感じながらたずねる。

私の問いかけに翔真さんはしばらく黙り込んだあと、ゆっくりと答えた。

『好きに決まってるだろ』

苦し気な掠れた声で、彼がどれだけその人を愛しているのかが伝わって来た。

激しい嫉妬と悲しみに襲われ立ち尽くす私に、翔真さんが静かに問いかける。

『……彩菜は俺のことを軽蔑する？』

私は唇を引き結び、必死に首を横に振った。ひと言でも発したら、涙があふれてしまいそうだった。

軽蔑なんてするわけがない。だって、翔真さんの想いを踏みにじったのは私だから。

自分のわがままで彼の人生を狂わせたんだと知り、強い罪悪感を抱いた。

『きちんと説明をして謝りたい。すぐにそっちに帰るから……』

真剣な口調で言われ、私は「いえ」と首を横に振った。

説明も謝罪もいらない。悪いのは私だから。

私が翔真さんと結婚したいと言い出さなければ、こんなことにはならなかったんだ。

『彩菜』

私の名前を呼ぶ彼の声が、世界で一番好きだ。でも大好きなその声を聞くと、罪悪感と後悔で胸が激しく痛んだ。

「もう翔真さんとは一緒にいられないです。私たち、離婚しましょう」

心が引き裂かれるような悲しさを感じながらそう告げる。

『待って、彩菜――』

翔真さんは必死になにかを伝えようとしていたけれど、最後まで聞かず電話を切った。

彼が大好きだから、幸せになってほしい。だけど、翔真さんの幸せは私と一緒にいることじゃない。

私が彼のためにできるのは、離婚してあげることだけだ。わかっているのに、涙があふれて止まらなくなる。

彼からの連絡でこれ以上気持ちが揺らがないように、スマホの電源を落とした。

翔真さんが帰って来るのは二日後の日曜日。それまでに、自分にできることをしよう。

そう決意して歩き出した。

自宅のマンションへ帰った私は、住み慣れた部屋を見渡し今までの半年間をぼんやりと思い出す。

翔真さんとの新婚生活は本当に幸せだったなと実感する。だけど同時に、幸せだと感じていたのは私だけだったんだと思い知り、胸が痛くなった。

翔真さんはずっと亜希さんを想いながら、この生活を送っていた。裏切られたことよりも、優しい彼にそんな我慢をさせていたことに罪悪感が込み上げる。

翔真さんの葛藤に気付いてあげられなかった自分が情けなくなった。

「……よし。荷物をまとめなきゃ」

泣きそうになる自分に活を入れるため、声に出して言い自室へと向かった。

全部の荷物を持って行くのは無理だから、とりあえず数日分だけまとめよう。それ以外のものは、落ち着いてから取りにくればいい。

そう思いながら大きなクローゼットを見上げる。

中にはたくさんの洋服が収納されていた。洋服だけじゃなく、アクセサリーやバッグもたくさん。私が持って来た服は一部で、ほとんどは翔真さんが選んでくれたものだ。

一つひとつに彼との思い出があって、手に取ると涙が込み上げてくる。

このまま結婚生活を続ければ、今と変わらぬ日々が過ごせるかもしれない。

夫婦でいる限り翔真さんは自分の気持ちを押し殺し、優しい夫でい続けてくれると思う。

だけどそれじゃ翔真さんは幸せになれない。翔真さんが大好きだから、我慢なんてせず自由に暮らしてほしい。

そう自分に言い聞かせ、うるんだ目元を乱暴に拭う。

翔真さんが帰って来るのは二日後。その間にやるべきことはたくさんある。

優しい彼はきっと離婚する必要はないと私を引き留めてくれるだろう。大好きな翔真さんに面と向かって説得されたら、私は離婚を貫き通す自信がない。

だから、翔真さんがいない間にスムーズに離婚できるように準備をしておく必要がある。

私の両親と翔真さんのお義父様たちに離婚すると説明をして、荷物をまとめて家を出て……。

自分の実家に帰れば迷惑と心配をかけてしまうだろうから、しばらくはビジネスホテルで暮らそう。

それから自分で部屋を見つけて、ちゃんと自立したい。誰にも頼らず、ひとりでしっかりと生きていけるようになりたい。

そのためにやらなきゃいけないことは山積みで、泣いてる暇なんてない。

私は顔をあげ気持ちを切り替える。荷物をまとめ部屋の掃除も念入りにする。すべてを終えるとリビングへ移動した。

バッグから離婚届を取り出す。自宅に帰る前に区役所に寄ってもらってきたものだ。

妻の欄に名前を書こうとして、ペンを持つ手が震えた。

これを書いてしまったら、もうあと戻りはできない。悲しみと寂しさが込み上げ、視界が潤んだ。

ちゃんと書かなきゃ。これを提出すれば、翔真さんを自由にしてあげることができるんだ。

そう自分に言い聞かせ、ペンを握る。

涙をこらえながらなんとか書き終え、薬指にはめていた結婚指輪を抜き取った。

記入済みの離婚届を【今までお世話になりました。どうか、幸せになってください】という手紙と共にテーブルの上に置く。一緒に左手首のブレスレットもはずして置いていくことにした。

彼が出張中でよかった。大好きな翔真さんの顔を見たら、きっと私の決心は揺らいでいたから。

私と離婚すれば、翔真さんはずっと想っていた亜希さんと一緒に暮らせる。

私との望まない結婚生活を続けるよりも幸せになれるはずだ。だから、この選択は間違っていない。

翔真さんが大好きだった。短い間だけでも翔真さんと夫婦になれて幸せだった。

もう一緒にいられなくなるのは寂しいけれど、これからは幸せだった半年間の記憶を大切にしながら生きていこう。

そう思っているのに、心の中は翔真さんへの想いと未練でいっぱいで、胸が引き裂かれるように痛んだ。熱い涙があふれ、頬を伝ってテーブルに落ちた。

荷物をまとめマンションから出る。

ひとり外を歩いていると、どこからか大きな音がした。驚いて顔をあげる。ビルの隙間から見える空が、ぼんやりと明るく光った。

「花火……」

小さな声でつぶやく。

そうだ、今日は花火大会だったっけ……。

そう思ったときまたドンと大きな音がして、空がかすかに明るくなった。それと一緒に、観客たちの歓声が聞こえた気がした。

たくさんの人たちが綺麗な花火を見上げ、幸せな時間を過ごしているんだろう。

翔真さんと一緒に見に行こうと話していたことを思い出し、胸が苦しくなる。

浴衣を着た翔真さんと手を繋ぎ、あちこちの屋台を見て回りながら、一緒に花火を見上げられると思っていた。

そんな幸せな約束をした日が遠い過去のように感じられて、涙が込み上げてくる。

高いビルが立ち並ぶこの場所からは、花火を見ることはできなかった。けれど私は花火が空に打ち上げられる音が聞こえなくなるまで、その場から動けなかった。


その後私が向かった先は、翔真さんのご実家だった。

突然やって来た私を、お義父様もお義母様も笑顔で出迎えてくれた。

「おや、彩菜ちゃん。よく来たね」

「夜分遅くにすみません」

「ここは彩菜ちゃんの家でもあるんだから、いつでも遊びに来ていいのよ」

ふたりに優しく笑いかけられ、罪悪感で胸が痛んだ。これから私が言うことは、きっとふたりを傷つけてしまうから。

リビングに案内され、ご両親と向かい合って座る。

「彩菜ちゃん。どうしたの？　なにかあった？」

私の思いつめた表情に気付いたのか、お義母様が気遣うように声をかけてくれた。

「あの、ご相談があるんです」

そう切り出した声が緊張で少し震えてしまった。落ち着こうと深呼吸をしていると、猫用のクッションで寝ていたタビちゃんがこちらに歩いてきた。

ソファに飛び乗り私の膝の上に座る。そして『なでろ』と命令するように私の手を尻尾で叩いた。その横暴なかわいらしさに思わず頬が緩む。

タビちゃんは母猫に捨てられた子猫だった。初めてタビちゃんを見つけたときは、手のひらに収まるほど小さく、いつ心臓が止まってもおかしくないんじゃないかと不安になるくらい弱っていた。

私と翔真さんが見つけていなかったら、きっとタビちゃんは助かっていなかったと思う。

そんな小さな子猫が今ではこんなに大きく元気になってくれたことに愛おしさを感じる。

どんな命だって幸せになる権利はある。そう思いながらタビちゃんの柔らかい体をなでた。

そして顔をあげ前を向く。

「実は、翔真さんと離婚したいと思っています」

私の言葉が予想外だったんだろう。お義母様は驚いて口元を手で覆った。お義父様は深刻な表情で私を見つめる。

「離婚なんて、どうして」

「それは、その……」

なんと言えばいいのか迷い視線を落とす。タビちゃんが不思議そうな顔でこちらを見上げていた。

翔真さんとの思い出がよみがえり、胸が痛くなる。

「……翔真さんには幸せになってほしいんです」

絞り出した私の言葉に、お義母様が首を縦に振る。

「それはもちろんよ。私たちもそう思っているわ」

優しい口調は、嘘をついているようには聞こえなかった。お義父様も、お義母様に同意するようにうなずいた。

ふたりの表情から翔真さんへの愛情が伝わってくる。

それを見て、疑問が口をついて出た。

「あの。こんなことを聞くのは失礼だってわかっているんですが」

そう前置きをしてから、勇気を出してふたりを見つめる。

「翔真さんの幸せを願っているなら、どうして政略結婚をすすめたんですか……？」

「え？」

「悠希から聞いたんです。翔真さんにはずっと想っている人がいたのに、彼はその人をあきらめて私と政略結婚をしたって」

「なんの話だい？　私は翔真に無理な結婚を強いたつもりはないよ」

お義父様の言葉にお義母様もうなずいた。

「でも、翔真さんは自分の出生に引け目と罪悪感を抱いていたから、私との政略結婚を受け入れるしかなかったんじゃ……」

「待って、彩菜ちゃん。罪悪感ってそれはどういう意味？」

こんな込み入った事情に踏み込むのは失礼だ。そう思ったけれど、お義母様にじっと見つめられ、おずおずと口を開いた。

「聞いてしまったんです。翔真さんがお義母様の実の子どもじゃないと」

「それは、翔真から聞いたの？」

「聞いたのは、彼からではありません。でも、その後翔真さんに確認したら、『本当だよ』と認めていました」

「翔真はなんと言っていたんだい？」

お義父様にたずねられ口にしていいのか迷っていると、お義母様が真剣な表情で身を乗り出した。

「お願い、彩菜ちゃん。翔真が言った言葉をそのまま教えて」

切実な口調で懇願され、きちんと伝えるべきだと覚悟を決める。

「翔真さんは、自分はお義父様の不倫の末にできた子どもだと言っていました。そして、実の母親に捨てられて吉永家で育てられたって」

「どうして翔真はそんな思い込みを……」

「違うんですか？」

「違うに決まってる。翔真の母親が別の女性なのは事実だが、私は不倫なんてしていない。翔真が生まれたのは結婚をする前のことだ」

お義父様はきっぱりとそう言い切る。

「それに、実の母親に捨てられたなんて嘘よ。翔真はとても愛されて育てられていたのよ」

お義母様の言葉には愛と優しさが込められていた。

「きちんと話すべきだね。翔真のことを」

「そうね」

ご両親はうなずき合ったあとこちらを見る。

私は真実を受け止めようとゆっくりと息を吐き出してから姿勢を正した。

ふたりの話を聞き終わったとき、ダイニングのほうからスマホの着信音が聞こえてきた。電話がかかってきたようだ。

その音が不快だったのか、私の膝の上でくつろいでいたタビちゃんが立ち上がりソファから下りていく。

「おや。電話かな」

お義父様がダイニングへ向かい、テーブルに置かれたスマホに手を伸ばそうとすると着信音が途切れた。間を置かずリビングに置かれた固定電話が鳴り出した。

「あら。すごいタイミングね。なにかしら」

連続した着信に、お義母様が立ち上がり電話器のディスプレイを見る。

「翔真からの着信だわ」

「私のスマホの着信も、翔真からだったが」

スマホを手にしたお義父様がそう言った。

「翔真さんから……？」

私がぎくりと体を震わせると着信音は切れ、今度はお義母様のスマホが鳴り出す。

「やだ。これも翔真からよ」

こんなにせわしなく電話をかけてくるなんて、よっぽど焦っているんだろうか。いつも穏やかで余裕のある翔真さんらしくない。

「きっと、彩菜ちゃんのことで連絡をしてきたんだろう」

「彩菜ちゃんのスマホにはかかってこないの？」

お義母様に不思議そうに問われ、「電源を切っているんです」と説明する。

「なるほど。それで余計に焦っているんだな。翔真がこんなに必死になるなんてめずらしい」

鳴り続ける着信音を聞きながらそう言ったお義父様は、なぜか楽し気だった。くすくすと肩を揺らして笑う。

「そんな、笑っている場合じゃ……」

どうしよう。こんなに電話をかけてくるなんて、翔真さんはものすごく怒っているのでは。不安が押し寄せ手のひらに汗が浮かぶ。

「彩菜ちゃん。とりあえず、電話に出るわね」

そう確認されうなずいた。お義母様がスマホをタップすると同時に、翔真さんの声が響いた。

翔真さんとのやりとりが聞こえるように、スピーカーにしてくれたようだ。

『彩菜はそちらにいますか！』

翔真さんらしくない、切羽詰まった声だった。

しかも挨拶も前置きもなしに聞いてくるなんて。普段の礼儀正しい翔真さんとは印象が違いすぎて目を丸くする。

「彩菜ちゃんなら……」

翔真さんの勢いに驚いた表情を浮かべながら、お義母様がこちらを見る。

来ていると言っていいのか確認してくれたんだろう。私は慌てて首を横に振った。

「……いいえ、うちには来ていないわよ」

お義母様は誤魔化してくれたけれど、一瞬の沈黙で嘘を感じ取ったのか翔真さんが真剣な声で問う。

『いるんですね。そこに』

確信を持った低い声が響いた。

「どうして彩菜ちゃんがここにいると思うの？」

『あちこちに電話しましたが、なにも知らない人は彩菜になにかあったのかと聞き返してきました。事情もたずねず『いない』と言ったのは、彩菜に口止めされたからでしょう？』

どうしよう。ばれてしまった。するどすぎる翔真さんに冷や汗をかく。

でも、翔真さんは札幌にいるはずだ。出張で日曜日までは帰って来られない。その間に離婚するための準備をすれば問題はない。そう自分に言い聞かせる。

けれど、翔真さんの『今すぐそちらに行きます』という言葉を聞いて目を丸くした。

「今すぐって。翔真は札幌にいるはずじゃ？」

お義父様が笑いをこらえながら翔真さんにたずねる。

『さきほどこちらに帰って来ました。今は自宅にいます』

空港から自宅に帰り私がいないと知り、あちこちに電話をかけて捜していたんだろうか。

それを聞いたお義父様がおもしろがるようにたずねた。

「真面目な翔真が、仕事を放り出して帰って来たのか？」

『申し訳ありません』

彼の謝罪を聞いて、「嘘でしょう……」と声がもれた。

責任感が強くていつも冷静な翔真さんが、いくら私が離婚を切り出したからとはいえ仕事を投げ出したなんて。

電話の向こうの翔真さんが息を吐き出すのがわかった。

『彩菜』

世界で一番大好きな、優しい声で私の名前を呼んだ。

『そこにいるんだな』

問いかけになんて答えればいいのかわからず、唇を噛んで黙り込む。

『ずっと騙していてごめん。どんなに責められても仕方ないし、顔も見たくないと思われて当然だ』

必死に訴えかけるような、真剣な声だった。

顔も見たくないなんて思うはずがない。翔真さんが違う女性を愛していると知った今でも、好きで好きで仕方ないのに。

必死に涙をこらえていたけれど、喉がつまり嗚咽がもれた。

「翔真さん……」

震える声で名前を呼ぶと、電話の向こうの翔真さんがゆっくりと息を吐き出す気配がした。

『彩菜、本当に悪かった。こんな卑怯な手を使って結婚したと知られたら、幻滅されるとわかってた。憎まれても仕方ないと思ってた。それでもどうしようもないくらい、彩菜がほしかったんだ』

彼から言われた言葉の意味がわからず、一瞬頭が真っ白になる。

「え……。私がほしかったって、どういう意味ですか？」

翔真さんは、亜希さんとの結婚を望んでいたはずなのに。意味がわからず混乱していた。

『悠希から聞いたんだろう？　ずっと想っていた女性と結婚するために、俺はわがままを言った。藤沢家が断れない理由をつけて、君との政略結婚を持ちかけた。卑怯な手を使ってでも自分のものにしたいほど、彩菜が好きだったから』

翔真さんの言葉を頭の中で整理する。嘘。信じられない。これは夢でも見ているんだろうか。

あまりの衝撃にめまいを感じながら、おそるおそる問いかける。

「もしかして翔真さんがずっと想っていた女性って、私なんですか……？」

『君以外、好きになるわけないだろ』

迷いのない返答に、胸が震えた。

ずっと憧れで大好きだった翔真さんが、私を好きでいてくれたなんて。現実とは思えないのに、胸を打つ鼓動の速さで夢じゃないんだと実感する。

「翔真さん……」

『彩菜、今から迎えに行く』

翔真さんが真剣な口調でそう言う。

『すぐに行くから、そこで待っていてくれ』

しっかりと念を押し電話を切ろうとした彼に「あの」と声をかけた。

「迎えに来なくていいです」

『え……？』

彼の声が動揺で低くなる。どうやら誤解をさせてしまったようだ。

慌てて「ちゃんと自分で帰ります」と付け加えた。

『本当に？』

不安そうな彼にうなずく。迎えに来てくれるのを待つんじゃなく、自分から彼のもとへ帰りたかった。

「はい。すぐに帰るので待っていてください」

力強く言って電話を切る。

部屋の中がしんと静まり、ご両親が同時にため息を吐き出した。

「もう、なんだかドラマチックね！　聞いていてきゅんとしちゃった」と頬を染めてはしゃぐお義母様と、「あの翔真がこんな必死になるところを初めて見たなぁ」と楽し気に笑うお義父様。

ご両親の前でなんてやりとりをしていたんだろうと我に返り、一気に頬が熱くなった。

「お騒がせした上に、変なところをお見せしてすみません……っ」

いたたまれなくて、頭を深く下げて謝る。

「いいのよ。いつも真面目で遠慮がちだった翔真の素が見られて、うれしかったから」

「ふたりの間でなにか誤解があったみたいだね」

お義父様とお義母様は優しい表情で私を見た。

「翔真は不器用で甘え下手な息子だけど、ちゃんと向き合ってあげてくれるかい？」

「それから、私たちの言葉も伝えてくれる？　翔真はちゃんと望まれて生まれ愛されて育ってきたって」

「はい。わかりました」

涙をこらえながらうなずく。そんな私の背中をお義母様が優しくなでてくれた。

政略結婚の裏側　翔真ｓｉｄｅ

彩菜が自宅に帰って来るまでの時間が、永遠のように長く感じたのは、それだけ不安だったからだと思う。

俺はマンションのエントランスでひとり、落ち着かない気持ちで外を見つめていた。

車が通りかかるたび彩菜かと思い腰をあげ、彼女ではないと気付きため息をついてソファに座る。

そんなことを何度も繰り返し、タクシーから降りた彩菜の姿を見た瞬間胸がつまった。

彩菜が帰って来てくれた。それだけで脱力しそうなほど安堵している自分がいた。

だけど、本題はこれからだ。

俺は彼女を騙してきたことを謝罪しなければならない。どんなに批難されても憎まれてもしょうがない。俺は彩菜の気持ちを知っていて、それを踏みにじったんだから。

ゆっくりと息を吐き出し、マンションの外に出る。

タクシーから降りこちらに歩いてきた彩菜が、俺の姿に気付き足を止めた。

「翔真さん……。ずっとエントランスにいたんですか？」

彼女からたずねられ、素直にうなずいた。

「あぁ。落ち着かなくて、ここで待ってた」

「すみません、ご心配をかけて」

悪いのはすべて俺なのに。申し訳なさそうに謝る彩菜に「いや」と首を横に振る。

「とりあえず帰ろう。ちゃんと話をしたい」

彼女の荷物を持ち、エレベーターに乗る。

鍵を開けて玄関に入ると、廊下には俺が出張に持って行ったバッグが放り出されていた。

しかも、彩菜がいないか部屋中を捜し回ったせいで、リビングや寝室のドアはすべて開いたままだった。

乱れた部屋を見て、彩菜が驚いたように目を丸くする。

「悪い。札幌から帰って来て、彩菜がいないことに取り乱した」

「いえ。出張だったのに、私のせいで仕事を切り上げて札幌から帰って来てくれたんですよね。仕事関係の方にも迷惑をかけてしまって申し訳ないです」

仕事の邪魔をしたと思っているんだろうか。眉を下げる彼女に「大丈夫だから」と言いリビングに移動する。

「ちゃんと話し合おう。彩菜に謝りたい」

ソファに並んで座ると、彩菜が俺を見上げた。

「あの、翔真さんが私を好きだったって、どういうことですか？　翔真さんは亜希さんと結婚したかったんじゃ……」

彩菜の言葉に眉を寄せる。

「どうして亜希が出てくるんだ」

「信也さんが言っていたんです。亜希さんは翔真さんと結婚するつもりだったのに、翔真さんは無理やり私と政略結婚させられたって」

「まさか。亜希はただの知人だ。高校が一緒で、実家の飯島製作所はうちの取引先ではあるが、それ以外なんの接点もない」

「でも、翔真さんは亜希さんと一緒にいたいから、亜希さんの通う大学のそばの学校を選んだんじゃ……？」

とんだ作り話に「そんなわけないだろ」と顔をしかめた。

「彩菜は俺の出身大学を知ってるか？」

たずねると、彩菜は「はい」と首を縦に振る。

「国立の大学ですよね。日本が誇る最高学府と言われてる」

「あぁ。そこで得られる知識と人脈が自分の将来の役に立つと思ったからその大学を選んだだけだ。亜希がどこの大学に通っていたかなんて知らなかった」

俺の説明を聞いた彩菜ははっとしたようにこちらを見る。

「そうですよね。考えてみれば、好きな人が通う大学のそばだから、なんて理由で目指せる場所じゃない」

大学時代、亜希がよく俺の周りをうろついていたのは知っている。通学中に話しかけてきたり、剣道の試合の応援に来たり。

とくに興味も害もなかったので適当にあしらってきたが、こんなふうに彩菜を陥れようとするなんて。

信也と亜希への憤りが込み上げ、自分を落ち着けようとゆっくりと息を吐き出した。

「亜希のことは本当になんとも思っていない。俺がずっと好きなのは彩菜だけだ」

そう言うと、彩菜は「でも」と表情を曇らせる。

「私たちの結婚は、お互いの家の利害のための政略結婚だったはずなのに……」

彩菜が疑問に思うのも無理はない。

吉永家と藤沢家の結婚はあくまでお互いの利害のための政略結婚で、好意があるから一緒になったわけじゃない。そう思われるように俺が仕向けた。

彼女を騙していた自分に罪悪感を覚えながら口を開く。

「一年前。藤沢家が大きな負債を抱えているのを知って、俺から両親に政略結婚の話を持ちかけたんだ。藤沢家を助けたいという気持ちや、結婚すれば会社のメリットになるというのは大前提としてあったけど、工場と一緒に負債を引き受けると言えば結婚を断れないだろうという打算もあった」

俺が正直に話すと、彩菜が驚いた表情で俺を見た。

「この結婚は、翔真さんが言い出した話なんですか……？」

「こんなやり方をするなんて、自分でも卑怯だと思う。責められても仕方ない」

「でも、私は吉永家との結婚としか言われてなかったです。両親も、私の結婚相手には年が近い悠希がいいだろうって言っていたのに」

「そのころ、悠希はアメリカ赴任が決まっていただろ。あのタイミングで結婚の話を持ちかければ、過保護なお義父さんは悠希ではなく俺との結婚を考えるだろうと思ったんだ。実際に藤沢家からは、彩菜を海外に行かせるわけにはいかないから、俺との結婚なら受けると返答が来た」

「全部、翔真さんの思惑通りだったってことですか……？」

彩菜は小さな声で信じられないとつぶやく。

「悪かった。彩菜の気持ちを知っているのに、こんなかたちで踏みにじるようなことをして」

「私の気持ち？」

首をかしげた彩菜にうなずく。

幼なじみとして育ってきた俺たち三人。

四歳年下の彩菜は無邪気で天真爛漫《てんしんらんまん》でとてもかわいかった。懐いてくれるのがうれしくて、大切な妹のように思っていた。

けれど彼女が中学に入ったころから、彩菜は俺を避けるようになった。

悠希の前では明るく笑うのに、俺を見ると途端にうつむき黙り込む。その態度の違いを見て、彩菜の気持ちを察した。

彼女は悠希が好きなんだ。

年が近いふたりはとても仲がよく、よく一緒に出かけて買い物をしたりしていた。

いつの間にか親密になったふたりを見て、寂しさと疎外感を覚えたけれど、仕方がないとあきらめた。

いつだって人から好かれるのは、俺ではなく悠希だから。

明るくやんちゃな悠希は、誰からも愛される存在だった。反対に俺は一歩引いた静かな性格で、悠希のように自由に振る舞い素直な気持ちを表に出すことができなかった。

兄弟のはずなのに、どうしてこんなに性格が違うんだろうと疑問に思ったこともある。そして、自分はこの家族に不要な存在なんじゃないかと感じ始めた。

それは物心ついたときからわずかな違和感があったから。

俺には母とは違う女性と暮らしていたおぼろ気な記憶が残っていた。たぶん、歩き始めたばかりの一歳くらいのころ。俺が一歩踏み出すたびに、笑顔を浮かべてよろこぶ女性の顔をはっきりと覚えていた。

だけどそれを人に言うのが怖かった。

その記憶が事実だと知ってしまったら、自分が本当の家族じゃないと認めることになるから。

赤ん坊のころの出来事を覚えているわけがない。きっと映画やドラマの映像を自分の記憶と勘違いしているんだろう。そう自分に言い聞かせた。

そうやって気付かないふりをして目を背けていたけれど、自分が幸せな家族の中に紛れ込んでしまった異分子だという感覚は、年を重ねるごとに大きくなっていった。

そして高校のころ、同級生だった信也の口から事実を知らされた。

俺は父と不倫相手との間に生まれた子どもで、実の母に捨てられ吉永家に引き取られたんだと。

それを聞いて、ショックを受けながらもやっぱりそうだったんだと納得している自分もいた。

だから俺はずっと家族に疎外感を覚えていたんだ。

俺は実の母親に捨てられたと知り、俺に向かって笑顔を向ける女性の面影を思い出して胸が痛んだ。

けれど、そんな自分の境遇を不幸だとは思わなかった。

望まれずに生まれた俺に対して、父も母もとても優しかったから。とくに母は愛人の子である俺と実の子である悠希に、平等に愛情を注いでくれた。

でも優しくされればされるほど、罪悪感は大きくなった。

それからは、せめて両親の理想の息子であるようにと努力するようになった。

両親に迷惑をかけたくない。引き取ったことを後悔してほしくない。それだけが俺の行動原理で、ほかにほしいものもしたいこともなかった。

だけどひとつだけ、自分の中で譲れないものがあった。それが、彩菜だった。

ぽつりぽつりと今までの俺の気持ちを振り返ると、彩菜は目を瞬かせた。

「私……？」

「あぁ。彩菜が好きだという気持ちだけは譲れなかった」

「どうして私なんか……。翔真さんの周りには、大人っぽくて綺麗で魅力的な女性がたくさんいたのに」

「十年以上前。ふたりで子猫を拾ったときのことを覚えてる？」

俺の問いかけに、彩菜は「タビちゃんですね」とうなずいた。

◇◇◇

それは彩菜が高校生で、俺が大学生だったころ。

大学から帰ると庭のほうから物音が聞こえた。なんだろうと思い音のするほうへ足を向ける。

そして東屋の下でしゃがみ込む彩菜の姿を見つけた。

そのころ彩菜は同じ学校に通う一歳年上の悠希に勉強を教えてもらっていた。今日も悠希の部屋で勉強して帰るところだったんだろう。

こんなところでなにをしているんだろう。不思議に思い彼女の名前を呼ぶ。

『彩菜?』

俺の声を聞いた彩菜が、焦った表情でこちらを振り返った。

『翔真さん……っ!』

いつも俺が近づくと目をそらす彩菜が、まっすぐにこちらを見た。そのすがるような表情に驚きながら彼女に近づく。

『どうした?』

『ベンチの下に子猫がいたんです』

そう言って差し出した彼女の手の中には、小さな子猫がいた。

茶色のトラ柄の子猫は生まれたばかりなんだろう。自力で歩くこともできず、目が見えているかもわからないほど小さい。

その姿を見て顔をしかめる。

『かなり弱ってるな』

ミャーミャーと細い声で鳴く子猫は、あきらかに衰弱しているように見えた。

『母猫もいなくて、どうしたらいいのか……』

彩菜は途方にくれたようにつぶやく。

このまま放っておけば、死んでしまうのは間違いない。

『小さくて弱いから、母猫に捨てられたのかもしれない』

俺の冷静な言葉を聞いて、彩菜が息をのんだ。

『そんな……』

『猫は一度に数匹の子猫を産むから、弱い子猫を見捨てる場合もあるんだろう』

弱いものは見捨てられ、強いものだけが生き残っていく。それは動物の世界では当然のことだ。

誰にも必要とされないものに、生きていく権利なんてない。

弱々しく鳴く子猫に自分を重ねながらそう思う。

そんな俺を、彩菜はまっすぐに見つめた。

『それでも、どうにかして助けてあげたいです』

『助けてどうする？　親猫から必要ないと捨てられた命だよ』

『必要のない命なんてあるわけないです。どんなに小さくたって弱くたって、懸命に生きてるんだから』

彩菜のまっすぐな強い視線に、胸を打たれた気がした。

思わず言葉をなくし彼女を見つめる。

『こうやって生まれてきたんだから、どんな命にも幸せになる権利はあると思います』

彩菜の瞳には涙が浮かんでいた。どうしても子猫を助けたい。そんな強い意志と優しさを感じた。

そのとき俺は、自分はここにいていいんだと認めてもらえたような気がした。

ゆっくりと息を吐き出し、『そうだね』とうなずく。

『とりあえず、動物病院に連れて行こう』

彼女を車に乗せて、近くの動物病院へと向かった。診療時間は過ぎていたけれど、なんとかお願いして診てもらった。

獣医師からは『見つけるのがもう少し遅かったら、危なかったかもしれません』と言われ、本当にギリギリの状況だったんだと知る。

体温が下がっているので加温器具で小さな体を温め、ブドウ糖を少しずつ口に含ませる。

子猫が小さくあくびをしてからこてんと眠ったのを見て、獣医師は『この様子なら大丈夫でしょう』と表情を緩めた。

『よかった……』

涙を浮かべながらつぶやいた彩菜を見て、愛おしいと思った。そして、好意を自覚した途端、彼女のすべてがかわいくてたまらなくなった。

それまで俺は彩菜を妹のように大切に思っているつもりだったけれど、本当はもっと前から彩菜の純粋さや優しさに惹かれていたんだと気付く。

悠希に対する劣等感は、彩菜への気持ちのせいもあったんだと思う。

それから保護した猫は俺の実家で飼うことになり、名前は彩菜が『タビ』とつけた。足の先が靴下を履いているように白いから、という理由だった。

◇◇◇

俺の話を聞いた彩菜は息をのんだ。

自分の気持ちを落ち着けるように大きく深呼吸をしてから俺を見る。

「あの、翔真さんは大きな誤解をしてます」

「誤解？」

「お義父様とお義母様のことです」

彩菜がまっすぐに俺を見ながらそう言った。

「ご両親から聞きました。翔真さんはちゃんと望まれて生まれて愛されて育ってきたって」

眉をひそめた俺に、彩菜はゆっくりと話し出す。

「翔真さんの実の母親とお義父様の関係は不倫ではなく、結婚する前に付き合っていた女性だったそうです。お互いに尊敬し合い愛し合っていたけれど、大企業の後継者だったお義父様にお見合いの話が持ち上がった。それを知ったお母様は自分は不釣り合いだからと自ら別れを告げたそうです。お義父様は彼女への気持ちはあったけれど、会社を継ぐという責任感からお見合いを受けることにした」

「そうだったのか……」

その見合い相手が母だろうと納得する。

「当時、お義父様は彼女が妊娠していたことも知らなかったそうです。とても自立心が強い女性で、ひとりで翔真さんを育てるつもりだったんじゃないかって」

「じゃあ、どうして俺は吉永家に？　実の母に捨てられたんじゃ」

「突然の交通事故だったそうです。まだよちよち歩きの翔真さんと道を歩いている最中に、暴走した車に……」

彩菜は苦しそうに顔をしかめる。

「お母様は咄嗟に翔真さんをかばったそうです。駆けつけた周囲の人に『お願いだから、この子を助けて』と何度も繰り返していた。翔真さんのことを本当に愛していたから」

その言葉に、幼いころの記憶がよみがえる。

俺が一歩踏み出すたびに、うれしそうに笑っていた女性。愛されていたんだと知り、胸に熱いものが込み上げてきた。

「その後、息子の存在を知ったお義父様が翔真さんを引き取りました。そのときすでにお義母様と結婚していましたが、ふたりはよろこんで翔真さんを受け入れたって」

「でも父のもと恋人の子どもを育てるなんて、母にとっては苦痛でしかなかったんじゃ……」

「お義母様は子どもができづらい体質だったそうです。そのことを結婚後に知りふさぎ込んでいたそうですが、翔真さんを引き取ってから世界が明るくなったように感じたって言っていました。翔真さんの成長がうれしくて、一緒にいられるのが幸せで、神様から宝物をもらった気分だったって。気持ちが前向きになるにつれて体調もよくなって、自然と悠希を授かることができたそうです。お義父様もお義母様も、今ある幸せはすべて翔真さんのおかげだって言っていました」

父も母も、いつも俺に優しい笑顔を向けてくれていた。だけど、俺の存在は両親を苦しめているんじゃないかと不安だった。俺はいないほうがいいんじゃないかと何度も自分を責めていた。

でも、違ったんだ……。

「そんなこと、知らなかった」

ぽつりとつぶやいてからかぶりを振る。

いや、知らなかったんじゃなく、俺が知ろうとしなかったんだ。

十八歳になったときに、両親から俺は母の子ではないという話をされた。吉永家に引き取られた経緯を説明しようとしてくれたけれど、俺が『必要ありません』と聞くことを拒否した。

両親の口から『お前は捨てられた子どもだ』と告げられるのが怖かったから。

「俺はずっと、誰からも必要とされていないんだと思ってた」

うつむきながらつぶやくと、彩菜が「そんなわけないです！」と力強く言った。

「お義父様もお義母様も悠希も、みんな翔真さんが大好きです。もちろん私も」

彩菜がまっすぐに俺を見つめる。

「彩菜も？」

「私もずっと翔真さんが好きでした」

彩菜から告げられた言葉が信じられず、目を瞬かせる。

「どうして？　彩菜が好きなのは俺じゃなく悠希だろ？」

「え……？」

ずっと彩菜を好きだったけれど、伝えても困惑させるだけだろうと気持ちを抑え続けてきた。

けれど一年前、悠希のアメリカ赴任が決まったのと同時期に藤沢家の負債について知った俺は、このタイミングなら彩菜を自分のものにできるんじゃないかと結婚を持ちかけた。

我ながら自分の計算高さに嫌気がさす。

彩菜は慌てたように首を横に振った。

「ち、違います！　私が好きなのは翔真さんです！」

彩菜が俺を好き……？

信じられずに彼女の顔を見つめる。

「ずっと俺を避けていたのに？」

彩菜の態度はどう考えても俺に好意を抱いているとは思えなかった。

「それは……。避けていたわけじゃなく、翔真さんが大好きすぎて緊張していたんです」

彩菜は視線を落とし、顔を真っ赤にしながらそう言う。

「中学生のころに翔真さんを好きだと自覚したんです。でも、大学生になった翔真さんの周りには、綺麗で大人っぽい女の子たちがいっぱいいたじゃないですか。彼女たちに比べると自分がすごく幼く感じて、子どもだと思われたくないって気持ちが強すぎて、翔真さんの前ではパニックになってしまうんです」

たしかに俺が大学に入ったころから、彩菜から距離を置かれるようになった。顔を見てもすぐ目をそらされ、話しかけても言葉につまる。

それを避けられていると勘違いしていたけれど、本当は好意の裏返しだったのか。

「でも、あのころよく悠希と一緒にいただろ？」

「それは、悠希に『翔真さんが好きすぎてどうしていいのかわからない』って相談をしていたんです。年上の翔真さんに少しでも近づきたくて、買い物に付き合ってもらって大人っぽい服を選んだり、悠希の女友達にメイクを教えてもらったりしてました」

「じゃあ、悠希に恋愛感情はないのか？」

「あるわけないです。私が好きなのは翔真さんだけですから」

きっぱりと言い切られたけれど、まだ信じられない気分だった。

「本当に、俺が好き？」

彩菜の顔をのぞき込み、確認するようにたずねる。じっと見つめ続けると、彩菜の視線が下に落ちた。

「す、好きです……」

彩菜はうつむきながら小さな声でそう言う。

「好きならどうして目をそらすんだ？」

思春期ならまだしも、大人になって結婚もした今、ここまで目をそらされる理由がわからず不思議に思う。

「だって、翔真さんがかっこよすぎて直視できません……！」

彩菜は両手で顔を覆い、叫ぶように言った。

「大好きな翔真さんの顔を至近距離で見続けたら、理性が吹き飛んじゃいます……っ」

「俺の顔なんて見慣れてるだろ」

首をかしげると、「見慣れるわけないじゃないですか！」と勢いよく反論された。

「翔真さんは自分のお顔の尊さを理解していないです！　私は毎朝顔を合わせるたびに心臓が止まりそうになってるんですよ。それじゃなくても、翔真さんが私を想っていてくれたって知って大パニックなんですから、ちょっと落ち着かせてください……！」

彩菜は早口で言いじたばたと足を動かす。

うれしさと驚きが自分の中で処理できないのか、かなりパニックになっているようだ。

そんな彩菜の姿を見ているうちに、「ははっ」と笑い声がもれた。

「そっか。今まで彩菜が俺の顔を見るたびに黙り込んでいたけど、心の中ではこんなことを考えていたんだ？」

俺の言葉を聞いた彩菜は、はっとしたように顔をあげる。

「どうしよう。動揺しすぎて考えていることをそのまま口に出してしまった……っ」

それまで真っ赤だった顔が、みるみる青ざめていく。

「す、すみません……。翔真さんが好きすぎて興奮して悶えていたなんて、気持ち悪いですよね。こんなに好きだと知られたら絶対引かれるだろうから、今まで必死に隠してきたのに……！」

視線を泳がせる彩菜の腰に手を伸ばし引き寄せる。

「引くわけないだろ」

そうささやくと彩菜が目を瞬かせた。

「そんなに好きでいてくれたなんて、すごくうれしいよ」

「本当ですか……？」

疑うような表情で問われ、微笑んでうなずいた。

「どちらかというと、本性を知られて引かれるのは俺のほうだと思う」

「翔真さんに引く要素なんてひとつもないですけど」

「どうだろうね。俺は彩菜が思っているよりもずっと君に執着しているし、独占欲が強くて心の狭い男だよ」

「まさか。翔真さんの心が狭いと思ったことは一度もないですよ」

疑いを知らない純粋な彩菜ににっこりと笑いかける。

「彩菜。この指輪をもう一度つけ直していい？」

ソファの前のテーブルに置かれた指輪を見ながらたずねる。彼女がうなずいてくれたのを確認してから、左手の薬指に結婚指輪をはめた。

彩菜の指に俺の妻だという証がはまったのを確認してゆっくりと息を吐き出す。

「それから、ブレスレットも」

指輪と一緒に置かれていたブレスレットを彼女の手首につけ直す。

「そういえば、前に先輩の萌絵さんに聞いたんですけど、これすごく高価なものなんですよね」

彩菜は手首にはまったブレスレットを見下ろしながらつぶやいた。

「限定品で、たまたま見つけて買えるようなものじゃないって言ってました」

彼女の言葉に「そうだったかな」と曖昧に誤魔化す。

たしかにこれはたまたま見つけたわけじゃなく、彩菜にプレゼントしたいと思って事前に用意していたものだ。

一見シンプルに見えて、実は上質で希少性の高いもの。彼女の服やアクセサリーはそんなもので揃えている。

彩菜にはそういう上品なものが似合うという理由もあるし、ほかの男への牽制の意味もある。上質なものを身に着けていれば、悪い虫が寄って来づらいから。

そんなこと、わざわざ彼女には言わないけれど。

「そのほかに手島さんはなにか言ってた？」

「ええと、このブレスレットを翔真さんがくれたって話をしたら、手錠をかけて鎖で繋いでおきたいって願望のあらわれじゃないかって……」

俺の願望を見透かされ、思わず小さく笑ってしまった。

その反応を逆の意味にとらえたのか、彩菜は慌てて首を横に振る。

「じょ、冗談だってちゃんとわかってますから！　翔真さんがそんなことを考えるわけないですよね！」

真っ赤になった彩菜に笑いかけ、左手を持ち上げる。そしてブレスレットがつけられた細い手首にキスをしながら上目遣いで彼女を見つめた。

「もしそうだったらどうする？」

「え……？」

「このブレスレットに、彩菜を自分だけのものにしたい。一生離したくないって気持ちが込められていたら」

俺がたずねると彩菜の喉が大きく上下する。少し考えてから、おずおずと口を開いた。

「そうだったとしたら、うれしいです」

「本当に？」

「私も一生翔真さんのそばにいたいから……」

真っ赤な顔で言われ、たまらず彩菜を抱きしめた。

「彩菜、好きだよ」

ささやきながら額を合わせる。至近距離で見つめると彩菜がぎゅっと目を閉じた。

キスを拒むような仕草に動きを止めると、「うぅ……っ」と彩菜が小さくうなる。

「翔真さんがかっこよすぎて直視できない……っ！」

彩菜は感情が抑えきれないのか、半泣きになりながらそう言った。

そんな彩菜を見て、「ははっ」と笑い声がもれる。

初めて彼女を抱いた夜。キスをしようと顔を近づけたときも、彩菜はこうやって固く目をつぶった。

その姿を見て拒絶されたんだと勘違いしていたけれど、本当はこんなことを考えていたのか。

「もしかして、抱かれるときにいつも暗くしてとお願いしていたのも同じ理由？」

「だって、翔真さんを至近距離で見るだけでも緊張するのに、その上いやらしいことをたくさんされたら理性が保っていられないじゃないですか！　せめて視覚情報を減らしてなんとか冷静でいようと思って……」

「俺と悠希の声は似ているから、暗くして顔を見えなくして、俺じゃなく悠希に抱かれていると思い込もうとしているのかと思ってた」

「まさか。私が抱かれたいと思うのは、翔真さんだけです！」

「本当に？」

「本当ですっ！」

むきになる彩菜がかわいくてたまらなくなる。

手を伸ばし、彼女の後頭部を包む。そのまま引き寄せると、彩菜がごくりと喉を上下させた。

「じゃあ、キスしてもいい？」

至近距離で見つめながらねだるようにたずねる。

「は、はい……」

彩菜がうなずいたのを確認して、ゆっくりと顔を近づける。

唇が触れる寸前でまたぎゅっと目をつぶった彩菜を「こら」と甘い声で叱った。

「目を閉じないで、ちゃんと見ていて。自分が今から誰にキスされるか」

「うう……っ」

彩菜は顔を真っ赤にしながらおずおずと視線をあげこちらを見た。羞恥で潤んだ瞳がかわいくて理性を忘れそうになる。

見つめ合ったまま、顔をかたむけ唇を合わせる。

触れては離れるキスを数度繰り返し、舌を差し入れると彩菜が驚いて首をすくめた。

「逃げちゃだめだよ」

微笑みながらあごをすくい上げキスを深くする。

「ん……っ、翔真さん……」

必死に俺のキスを受け止める彩菜のけなげさが愛おしくて、大切にしたいと思う優しい気持ちと、誰にも触れられない場所に閉じ込めて自分だけのものにしたいという身勝手な欲望がわき上がる。

こちらを見つめる瞳がとろんととろけていくのがわかった。そんな彼女と目を合わせながら、じっくりと味わうようなキスをする。

「ふ……、んん……っ」

もれる吐息がどんどん甘くなっていく。彩菜の頬は上気し目には涙がたまっていた。

かわいいなと小さくつぶやく。もっとかわいがって甘やかして気持ちよくしてあげたい。羞恥心も理性も手放し、ぐずぐずになるくらい。

そんなことを考えながらゆっくりと唇を離す。

彩菜はキスだけで骨抜きになったのかくたりと俺の腕の中で崩れ落ちた。はぁはぁと肩で息をする。

「大丈夫？」

耳元で優しくささやくと、彩菜は両手で顔を覆い「翔真さんはずるいです」と不満をもらした。

「ずるい？」

「こんな至近距離で見てもかっこいいなんて、反則です……っ」

「彩菜は本当に俺の顔が好きなんだな」

ちょっとあきれながら笑った俺に、彩菜は心外だというように頬を膨らませた。

「顔だけじゃなく、翔真さんの全部が好きです！　外見はもちろん、声も話し方も、柔らかい笑顔も優しい性格も。ほかにも仕事中の真剣な顔つきとか、常に私を気遣ってくれるところとか……」

彩菜は指を折りながら、俺の好きなところをあげていく。その真剣さがかわいくて、たまらず彩菜をソファの上に押し倒した。

「俺も、彩菜のすべてが好きだよ」

そう言って唇をふさぐ。

「んん……っ」

キスで彩菜を懐柔しながら、彼女の服の中に手を差し入れる。腰をなぞりゆっくりと手を上に移動させる。

「彩菜を抱きたい」

そう言うと彩菜の頬が真っ赤になった。

「だめ？」

耳元でねだるようにささやく。

「だ……、だめじゃないです……」

恥ずかしそうに答える様子がかわいくて、笑みを深くしながらキスをした。

彩菜を組み敷きながら服を脱がす。下着をずらし柔らかい胸に触れると、

「あ……っ」と声がもれ細い腰が跳ねた。

「ま、待ってください」

彩菜が瞳をうるませながらこちらを見上げる。

「なに？」

「あの、シャワーとか」

「わかった。じゃあ一緒に浴びよう」

「一緒になんて無理です……！」

「どうして？」

「あんな明るくて狭い場所で裸になるなんて、恥ずかしすぎて理性が保てませんっ！」

半泣きでそう言う彩菜を、微笑みながら見下ろした。

「そんなことを気にしても無駄だよ」

「無駄ですか？」

「今までは遠慮してたけど、彩菜が俺を想ってくれていたと知って手加減する必要もなくなったから、どんなにがんばっても理性なんて保てないと思うよ」

耳元でささやいた言葉を聞いて、彩菜が真っ赤になりながらこちらを見る。

「待ってください。今までは手加減していたんですか？」

「あぁ。だから、今日は覚悟しておいて」

そう言って彩菜の額にキスをすると、「無理ぃ……っ！」と悲鳴があがった。

「翔真さんが色っぽすぎて、心臓が止まっちゃいます！」

泣きそうな顔でそう言う彩菜が愛おしくて、思わず笑みがもれた。

エピローグ

ゆっくりと目を覚まし瞬きをする。ぼんやりとまどろみながら視線を横に向けると、翔真さんの整った顔があった。

翔真さんは先に起きていたんだろう。私が目を覚ましたのに気付きふわりと微笑む。

枕に頬杖をついてこちらを見つめる翔真さんからは、朝一だというのに色気と余裕があふれ出ていた。

「おはよう、彩菜」

甘い声でささやかれた私は、挨拶を返すのも忘れ「いったいどういうことですか……！」と叫んだ。

「ん？」

きょとんと首をかしげる表情すら素敵すぎて心臓が跳びはねる。

「寝起きの時点からこんなにかっこいいなんて、ずるいです……！」

二十四時間、三百六十五日、年中無休で魅力的すぎる。私が苦情をもらすと、翔真さんはくすくすと肩を揺らして笑った。

「俺も同じことを考えてた」

翔真さんは手を伸ばし、私の体を抱き寄せる。

「同じことですか？」

「あぁ。彩菜は寝ていても起きていても、ずっとかわいいなと思ってた」

甘い視線に心臓を撃ち抜かれた。私は両手で顔を覆い、ときめきに体を震わせる。

「旦那様がかっこよすぎる……」と身もだえていると、翔真さんが気遣うように声をかけてくれた。

「彩菜、体はつらくない？」

そう言われ、昨夜のことを思い出し頬が熱くなる。

『手加減しない』という宣言通り、昨夜の翔真さんは容赦なかった。

今までは『待って』と言えば待ってくれたし『だめ』と言えばやめてくれたのに、そのふたつが拒否ではなく羞恥から出た言葉だと知った彼は、私が『もう無理です……っ』と涙目で訴えても止まらなかった。

『大丈夫だよ』と綺麗な顔で微笑んで私に容赦ない快楽を与え続けた。

何度も絶頂を迎え何度も求められ、私は理性を完全に手放してしまった。

最後には子どものようにぐずぐずになりながら、『翔真さん大好き』と繰り返していた気がする。

「体は大丈夫ですけど、ものすごい醜態をさらしてしまった気がするので翔真さんの顔が見られないです……」

激しい羞恥心に襲われ、両手で顔を隠しながらつぶやく。

「どうして？　すごくかわいかったのに」

「あんなにみっともないところを見てかわいいと言ってくれるなんて、翔真さんの趣味はちょっと変わってますよ」

「そうかな」

「あんなに好き好き言われたら、普通はあきれると思います」

むきになって言うと、翔真さんは優しく微笑み私の頭をなでてくれた。

「どちらかというと、あきれられるのはあんなに何度も抱いた俺のほうだと思うけど」

それはたしかに……とつぶやく。昨日の翔真さんは今までの紳士的で余裕のある姿が嘘のように情熱的に私を求めた。

思い出すだけで体の奥が熱くなる。

「でも、うれしかったです。本当に私を好きでいてくれたんだなって伝わってきたので」

私を抱く腕に力が込められた。翔真さんが私を見つめ幸せそうに微笑む。その表情を見て胸のあたりが温かくなった。

「彩菜、好きだよ」

ささやきながら額にキスをされ、うれしくてくすぐったくて笑みがもれる。

「私も大好きです」

今までは夫婦なのに片想いだと思い込んできた私たち。こうやって想いが通じて好きだと伝えられることが、本当に幸せだと感じる。

ベッドの中で抱き合いじゃれ合っていると、翔真さんのスマホが震えた。翔真さんはベッドサイドに置いてあったスマホを持ち上げ画面を見る。

「設楽さんからだ」という言葉を聞いた私は一気に青ざめた。

「すみません。昨日は大変でしたよね……！」

翔真さんは出張で札幌に行っていたのに、私が離婚すると言い出したせいで仕事を放り出し帰って来てくれた。

たくさんの人に迷惑をかけてしまったに違いない。なんてことをしてしまったんだろう……。

自己嫌悪に陥り頭を抱えていると、翔真さんが「大丈夫だよ」と笑った。

「モーターショーのイベントはほかの人に任せるわけにはいかなかったけど、それ以外の工場視察は設楽さんで十分対応できる仕事だったから」

「でも、設楽さんはロボットという異名を持つほど合理的で有能な秘書さんですよ。仕事よりも私情を優先するなんて、きっと怒ってるに違いないです」

「そうでもないよ。設楽さんは怒るどころか、俺の話を聞いてすぐに飛行機のチケットを取って送り出してくれた」

「本当に？」

意外すぎて目を丸くする。

「あぁ。設楽さんにはいつも『副社長は本当に奥様を溺愛してますよね』ってあきれられていたし」

「いつも余裕があって穏やかな翔真さんのどこを見てそんなことを」

「たぶん、気付いていないのは彩菜だけだったと思うよ」

翔真さんの言葉に首をかしげた。そんな私を見て彼は小さく笑う。

「ずっとこうしていたいけど、そろそろ起きて朝ご飯を食べようか」

そう言われ時計を見る。すでに朝というよりもお昼に近い時間だった。

うなずきベッドから出てリビングへ向かう。

そういえば、と思い出しバッグの中に入れておいた自分のスマホの電源を入れた私は驚いて目を丸くした。

私の家族や悠希から、たくさんの連絡が来ていた。

「翔真さん。スマホがすごいことになってます」

「あぁ。俺が彩菜を捜すためにあちこち連絡したからだ」

みんなのメッセージから、昨夜翔真さんが私を捜すために必死になっていたことが伝わってきた。

しかも、会社の先輩の萌絵さんからも私を心配するメッセージが来ていた。

「もしかして翔真さん、萌絵さんにも連絡したんですか？」

驚く私に翔真さんは「あぁ」とうなずく。

「昨日、彩菜が飯島製作所に行ったって教えてくれたのは彼女だから」

「だから心配して連絡をくれたんですね」

すごいタイミングで連絡が来たと思っていたけど、電話でのやりとりで私に元気がないと察した萌絵さんが翔真さんに伝えてくれたんだ。

そう納得してから不思議に思う。

「でも、どうして萌絵さんが翔真さんの連絡先を知っているんですか？」

「前に話していただろ。彩菜が無理をしていたら教えてほしいって。」

そういえば前に翔真さんが、萌絵さんにそんなお願いをしていたなと思い出す。

「なにかあったときのために、設楽さんを通して連絡ができるようにしていたんだ」

優しくてちょっとお節介な萌絵さんが、『彩菜ちゃんに元気がないから副社長に知らせなきゃ……！』と前のめりで翔真さんに報告する様子が頭に浮かんだ。

「冗談だと思っていたのにまさか本気だったなんて。いくらなんでも過保護すぎでは」

「俺は彩菜が思っているよりも、ずっと君に執着をしてるって言っただろ」

翔真さんが私を見下ろしながらそう言った。一見涼し気に見える黒い瞳に、ぞくっとするほどの情熱が隠されている気がした。

萌絵さんが言っていた通り、彼は独占欲が強くて過保護なんだ。そう実感して鼓動が速くなる。

「本当の俺を知って幻滅した？」

その問いかけに首を横に振った。

幻滅なんてするわけない。翔真さんが私を大切に想ってくれていたことが伝わってきてうれしかった。

翔真さんは常に冷静で余裕のある大人の男の人だと思っていた。私なんかじゃ不釣り合いだと感じていた。

だけど翔真さんは本当に私を愛してくれているんだ。私の言動に振り回され、こんなに必死になるくらい。

そう実感して泣きそうになる。

「翔真さん」と名前を呼ぶ。

目の前にいる世界一素敵な旦那様に、私は涙をこらえながら抱き着いた。

「大好きです」

たくましい胸に顔をうずめて言うと、彼は優しく私の頭をなでてくれた。

「俺も、愛してるよ」

そう言って私のあごをすくい上げ甘いキスをする。微笑みながら短いキスを繰り返し、気持ちを伝えるように両手でぎゅっと抱きしめる。

彼を好きになってから十三年。ずっとこの想いは叶わないんだとあきらめていた。手の届かない憧れの人だと思っていた。

だけどこんなに愛されているんだ。それがうれしくてしかたない。

翔真さんはうるんだ私の目元を優しく拭い、こつんと額を合わせて笑う。

「連絡をくれたみんなに、あとでちゃんと謝らないとな」

「はい。お義父様とお義母様にも。きっと心配しているでしょうから」

「でもその前に、ふたりで朝食を用意しようか」

翔真さんの提案に「そうですね」とうなずいた。

翔真さんがコーヒーを淹れて、私がトースターでパンを焼く。オムレツとサラダはふたりで一緒に作ろう。そんな話をしながら手を繋ぎキッチンへ向かう。

こんな幸せな朝がこれからずっと続いていくんだと思うと、うれしくてまた涙があふれた。

END

特別書き下ろし番外編

強い執着と甘い想い　翔真ｓｉｄｅ

「翔真さん、準備できました」

そう声をかけられ顔をあげる。廊下にいる彩菜が、開いた扉の隙間からちょこんと顔だけ出してリビングをのぞいていた。

俺と目が合うと彼女は「わ」と声をもらす。

「翔真さんの浴衣姿、かっこよすぎませんか……？」

真顔でつぶやかれ、「そうか？」と首をかしげながら自分の体を見下ろした。

今日俺が着ているのは、藍色の無地の浴衣。薄い灰色の帯を腰骨の位置で貝ノ口結びにしただけの、いたってシンプルな装いだ。

さらりとした本麻の生地は心地いいけれど、学生時代は毎日のように剣道着と袴《はかま》を身に着けていたから、和装自体にあまり特別感はない。

「普通の格好だと思うけど」

俺がそうつぶやくと、彩菜は頬を染めながら「全然普通じゃないです」と抗議する。

「翔真さんはモデル体型だからどんな服装でも素敵ですけど、その浴衣は似合いすぎです！　緩く合わせた襟元《えり》とか、麻の生地越しでもわかるたくましい肩とか、引き締まった腰のラインとか……っ！」

放っておけばいつまでも続きそうな彩菜の言葉を、苦笑いしながら遮った。

「褒めてもらえるのはうれしいけど、そろそろ彩菜の浴衣姿が見たいな」

俺がそう言うと、彩菜はためらうようにうつむく。

「翔真さんの浴衣姿を見てしまうと、なんだか恥ずかしいです」

「いいから。おいで、彩菜」

優しく呼ぶと彼女がリビングに入って来た。

「ど、どうですか？」

恥ずかしそうな表情でこちらを見る浴衣姿の彩菜に、胸をぎゅっとわし掴みにされる。

「もっと近くに来て」

そうねだり、近づいてきた彩菜を見つめる。

白い麻の生地に繊細な菊の花弁が描かれた古典柄の浴衣は、俺が選んだものだ。清楚でかわいらしい彩菜に似合うだろうと思っていたけれど、実物は想像以上だった。

普段の洋服を着ているときとはまた違う彼女の色気に息をのむ。

うなじや首筋の白さや、華奢な腰。袂から伸びる手首の細さ。恥ずかしそうに視線を落とし頬を染める様子がとても艶っぽい。

髪の毛は浴衣に合わせて緩いアップヘアにしていた。首筋に落ちたおくれ毛が、無防備な色気を漂わせる。

「すごく似合う。綺麗だよ」

俺がそう言うと、彩菜がうれしそうにはにかんだ。その表情がまたかわいくて、愛おしさが募る。

今日は花火を見に行くためにふたりで浴衣を着た。

先日約束した花火大会は、俺の仕事の都合で行けなくなった。約束が守れず申し訳なく思っていると、秘書の設楽さんが『今週末、花火大会がありますよ』と、もともと入っていた予定を調整してくれたのだ。

彩菜は『ふたりで浴衣を着て花火を見られるんですね』とよろこんでくれたけど……。

「やっぱり、花火を見に行くのはやめにしないか」

浴衣姿の彩菜を見て、思わずそう提案する。

「え、翔真さんは花火大会に行きたくないんですか？」

彩菜は驚いたように俺の顔を見た。

「行きたくないんじゃなくて……」

花火大会はたくさんの観客が集まり賑わうだろう。

そんな場所に浴衣姿の彩菜を連れて行ったら……と想像するだけで、眉間にしわが寄る。

お祭り気分で浮かれる男に声をかけられるかもしれないし、混雑に乗じて痴漢《ちかん》行為をする輩がいるかもしれない。

それに歩いているうちに、万が一彩菜の浴衣が着崩れてしまったら、彼女のしどけない姿がほかの男に見られてしまう。

そんなことを考えていると、彩菜がしょんぼりした表情を浮かべていた。

俺は微笑み「冗談だよ」と嘘で誤魔化す。そのとたん、彼女の顔がぱぁっと明るくなった。

「よかった。翔真さんとの浴衣デート、楽しみにしてたんです」

無邪気な笑顔を見ながら、俺の本心を知ったらきっと彩菜は幻滅するんだろうなと思う。

かわいい彩菜を人混みの中に連れて行きたくない。彼女の浴衣姿をほかの男に見せたくない。

そんな強すぎる執着心と独占欲を彼女に悟られないように胸の中で押し殺し、にっこりと微笑んだ。

「わぁ、たくさん人がいますね！」

花火大会の会場の近くまでタクシーで移動し、車を降りる。会場へ向かう人の流れを見て、彩菜が声を弾ませた。

行きかう人たちの喧騒と、遠くから漂ってくる屋台の食べ物の香ばしい匂い。わくわくと浮き足立つ街の雰囲気に、彩菜がうれしそうに目を輝かせる。

「日が沈んでも、まだ暑いな」

そう言いながらあたりを見渡す。花火大会の会場である河川敷へと続く道は、たくさんの人であふれていた。

人混みのせいか、いつもより湿度も温度も高く感じる。

「屋台はあっちですね」

カランコロンと下駄の音を響かせ駆けだそうとした彩菜を、「こら」と引き留めた。

「翔真さん？」

彩菜は不思議そうにこちらを振り返る。そんな彼女を見下ろし、指を絡めてしっかりと手を繋ぐ。

「はぐれたら困るだろ」

そう言うと、彩菜はうれしそうにはにかみ「はい」とうなずいた。

花火が打ち上げられる会場には、たくさんの屋台が並んでいた。

日が沈み薄暗くなった河川敷に、温かみのある屋台の照明が浮かび上がる。色鮮やかな看板に、おいしそうな食べ物の匂い、活気ある呼び込みの声。

彩菜がその光景を見て顔を輝かせる。提灯の明かりに照らされた横顔が、とても綺麗に見えた。

「なに食べたい？」

俺がたずねると、彩菜は「ええと……」とつぶやき真剣な表情で考え込む。

「暑いからかき氷は食べたいし、わたあめもチョコバナナも捨てがたいですよね。でも、たこ焼きもイカ焼きも焼きそばもいい匂いがしているし……。あ、冷やしキュウリもある」

彩菜は屋台の看板を見比べ、困ったように眉を下げる。屋台の食べ物でこんなに真剣に悩んでしまう彼女がかわいくて仕方ない。

「翔真さんはなにがいいですか？」

「俺は、彩菜の食べたいものがいい」

そう言うと、「それじゃあ答えになってないですよ」と頬をふくらませた。

そんなやりとりをしながら、屋台の列に並ぶ。

たこ焼きや焼きそばが入ったビニール袋を手に、河川敷の空いている場所へ向かってのんびりと進む。隣を歩く彩菜は、イチゴ味のかき氷をうれしそうに食べていた。

「見てください。舌、赤くなってます？」

こちらを見上げて口を開ける。シロップで赤く染まった小さな舌を見せる彩菜の無邪気さに、いくらなんでもかわいすぎないかと心の中で悶絶する。

今キスをしたら、彩菜の口の中は甘くてひんやりと冷たいんだろうな。そんな想像をしながら「あぁ。少し赤くなってる」と微笑む。

このまま彩菜をひと気のない場所に連れ込んでキスをしたい。抱きしめて浴衣から手を差し入れて、思い切りかわいがりたい。

楽しそうにかき氷を食べる彩菜の隣で、そんな欲望と戦う。

「プライベートで花火大会に来るなんて何年ぶりだろう」

そうつぶやくと、彩菜が首をかしげた。

「プライベートじゃなく、お仕事で花火大会に来ることもあるんですか？」

「たまにね。協賛企業の代表として、招待されることもある」

俺が説明すると、彩菜は「なるほど」と納得してうなずいた。

実は今日の花火大会も吉永自動車が協賛していて、招待席が用意されていた。

設楽さんから『せっかくですので招待席から鑑賞されては』とすすめられたけれど、俺の一存で断った。

協賛企業の招待席には様々な業種の関係者が集まり、挨拶と情報交換が交わされる。

そんな場所では彩菜と花火を楽しむ余裕はなくなってしまうと思ったから。

だけど……とあたりを見回し、その判断は間違いだったかなと後悔する。

花火大会にここまで人が集まるとは思わなかった。この混雑の中、浴衣姿の彩菜を連れて歩くことに不安を感じる。

「この花火大会もうちの会社が協賛してるから、今からでも招待席に行こうか。招待席に行けば人混みにもまれることもなく、ゆったりと花火を楽しめるから」

俺が提案すると、彩菜は慌てて首を横に振った。

「いえ、普通の場所で大丈夫です」

遠慮しているのかなと思い「どうして？」と問いかける。

「だって、招待席に案内されたら翔真さんがたくさんの人に囲まれて、挨拶待ちの列ができそうじゃないですか」

彩菜はそう言ってから、照れくさそうに付け加える。

「せっかくのデートなのに、ふたりの時間が減っちゃうのは寂しいです」

そうつぶやいた彩菜がかわいすぎて、緩んだ口元を手で隠した。

彩菜のいじらしい独占欲に、心臓をわし掴みにされる。

花火なんてどうでもいいから、今すぐ家に連れて帰って彩菜をひとり占めにしたい。

そんな欲望を必死に抑えていると、彩菜が「きゃ」と小さく声をあげた。

誰かがうしろからぶつかったようだ。

「大丈夫か？」

慌てて彼女の体を支える。

「すみません。大丈夫です」

彩菜はそう言ったけれど、持っていたかき氷がこぼれ白い浴衣に赤い染みができていた。

俺は彩菜の肩を抱きながら、ぶつかってきた人物を振り返る。

「あ。もしかして、翔真？」

そう言ってこちらを見るのは、飯島亜希だった。彩菜に嘘を吹き込み、陥れようとした女。

彼女のうしろには数人の女友達がいた。

「翔真も花火を見に来ていたの？　偶然ね」

亜希が笑顔を浮かべ俺に話しかける。その声や表情に驚きはなかった。

俺たちを見つけて、わざと彩菜にぶつかったんだろう。そう悟り、冷めた目で彼女を見下ろす。

「え、あの人かっこいい」

「誰？　亜希の知り合い？」

亜希と一緒にいた友人たちが、こちらを見てひそひそと話す。その声を聞いた亜希は、優越感に満ちた表情を浮かべていた。

「翔真、会えてよかった。この花火大会は父の会社が協賛しているから、招待席で見られるの。もしよかったら一緒に……」

彼女の言葉を冷たい口調で遮る。

「そんなことよりも、ぶつかったことを妻に謝罪してくれないか」

俺がそう言うと、亜希はようやく彩菜を見た。

「あら、彩菜さんもいたの。ごめんなさいね、気付かなかったわ」

ぞんざいな謝罪に彩菜は静かに微笑み「いえ」と首を横に振る。

その様子を見た友人たちは、「なんだぁ」と小さくため息をついた。

「妻だって。結婚してるんだ」

「一瞬亜希の恋人かと思っちゃったけど、そんなわけないよね」

「ただの知り合いか」

そんな言葉に自尊心が傷つけられたんだろう。亜希は彩菜に聞こえるように言う。

「ただの知り合いなんかじゃないわよ。学生時代、翔真は私のことを慕っていたし、周りはみんな私たちが結婚するんじゃないかって噂してた。くだらない政略結婚のせいで、それは叶わなかったけど」

ありもしないことを事実のように吹聴する彼女に、短く息を吐き出す。

「亜希と親しくした記憶はないし、俺と亜希が結婚するなんてくだらない噂を聞いたこともないが？」

冷たい声でそう言うと、亜希の顔が真っ赤になった。

「みんな噂してたわよ！　大学時代、周りはみんな私と翔真はお似合いだって言ってた。翔真だっていつも私を頼ってきたじゃない」

「亜希が一方的に俺につきまとっていただけだろ。興味も害もなかったから相手にしなかったが、こうやって作り話を言い振らし、彩菜を陥れようとしたことはさすがに許せない」

彩菜の肩を抱きながら亜希を見据える。亜希は怒りと羞恥をむき出しにしてこちらを睨んだ。

「その女のどこがいいのよ。私のほうがずっと綺麗じゃない。こんな女、家柄がいいってだけでどうせなんの取り柄もないんでしょう⁉」

亜希のヒステリックな大声に、周囲の視線が集まる。その騒ぎを聞きつけて、ひとりの中年男性が慌てた様子でやって来た。

「亜希、なにをしているんだ……！」

顔を真っ青にしながら亜希をなだめるのは、彼女の父親で飯島製作所の社長だった。

「吉永副社長、大変失礼しました」

亜希の代わりに飯島社長が頭を下げる。俺は彼からの謝罪を聞きながら、冷静に口を開いた。

「飯島社長。彼女と弟の信也は、私の妻を傷つけ陥れようとしました。私は大切な人に悪意を向けられて許せるほど、心が広くない」

　低い声で言うと、飯島社長の表情が強張る。

「申し訳ありません。亜希も信也も一度東京から距離を置かせ、私の実家がある田舎でイチから出直させます」

「ちょっとお父さん、なに勝手なことを言ってるのよ！　なんで私が田舎なんかに……！」

「黙りなさい！」

　感情的に叫んだ亜希を飯島社長が厳しい口調で一喝する。彼の迫力に亜希は驚いて黙り込んだ。

「今までお前たちふたりの不真面目な勤務態度やわがままをなんとかフォローしてきたが、さすがにもう無理だ。親に恥ばかりかかせて、勘当されないだけありがたいと思え。反省して心を入れ替えるまで戻って来なくていい」

　その言葉に、亜希はなんの反論もできずにきつく唇を噛んだ。

「ぶつかられたけど、大丈夫か？　どこか痛めたりしてない？」

　亜希たちと離れ、彩菜に話しかける。

「私は大丈夫です」

彩菜は首を横に振ったけれど、その表情は浮かなかった。

「亜希のことを気にしてるのか？」

「はい。私のせいでお父様からあんなに厳しく叱られて……」

あんな女のためにこうやって心を痛めるなんて、彩菜はお人よしすぎる。

うつむく彩菜に、「気にする必要はない」と言い切った。

あのあと亜希は肩を落とし大人しく帰って行ったが、一緒にいた友人たちに同情する様子はなく、むしろすっきりした顔をしていた。普段から亜希のわがままに振り回されていたんだろうと想像できた。

「設楽さんに調べてもらった。亜希は普段から自分の思い込みや願望を事実だと言い振らして、周りを混乱させていたらしい。信也は自分は飯島製作所の後継者だと思い上がり社内で傲慢な態度を取っていたせいで、有能な社員はどんどん離れていっていた。あのままふたりが飯島製作所にいても誰のためにもならなかった」

彩菜のことがなかったとしても、遅かれ早かれ飯島社長は同じような決断を下したと思う。すべてふたりの自業自得だ。

俺の言葉を聞いて、彩菜は「そうなんですか……」とつぶやく。

「それなら、今のまま周りに迷惑をかけ続けるよりも、一度環境を変えたほうがふたりにとっていい転機になるかもしれませんね。ちゃんと反省して立ち直ってくれるといいんですが」

自分を傷つけた相手のことまで気にかけるなんて優しすぎる。その純粋さが彩菜の魅力だけど、危なっかしくも感じる。

思わず手を伸ばし、彼女の腰を抱き引き寄せた。

「翔真さん？」

「彩菜を抱きしめたくなった」

「だめですよ。こんなところで」

困り顔で胸を押し返す様子がかわいすぎる。そう思いながら渋々腕を緩める。彩菜を見下ろすと、白い浴衣の胸元に赤い染みができていた。

「浴衣、汚れてしまったな」

「すみません。せっかく翔真さんが素敵な浴衣を選んでくれたのに。急いで染み抜きしたほうがいいですよね」

彼女の言葉にうなずき、「じゃあ、行こうか」と手を取る。

「え？」

歩き出した俺に、彩菜が目を瞬かせた。

彩菜の手を取り向かったのは、近くにあったホテル。客室に入りクリーニングの依頼をすると、すぐにスタッフが汚れた浴衣を受け取りに来てくれた。

客室の入り口でスタッフに浴衣を渡してから室内に戻る。

「あのくらいの染みなら綺麗に取れるって」

そう言うと、ソファに座ったバスローブ姿の彩菜が申し訳なさそうに肩を落とした。

「せっかく浴衣を着て会場に来たのに、また花火を見れませんでしたね」

俺は首を横に振り、彼女の隣に腰を下ろす。

「むしろよかったよ。彩菜を人混みの中に連れて行くのは正直心配だったから」

「心配ってなにがですか？」

「浴衣姿の彩菜が花火大会の賑わいの中にいたら、男から声をかけられるかもしれないし、混雑に乗じて体に触れられたりするかもしれないし」

そんなこと絶対に許せない。想像するだけでどす黒い気持ちがわき上がる。そんな俺を見て、彩菜が困惑した表情を浮かべた。

「翔真さん。過保護過ぎませんか」

「これでもかなり我慢してるけど」

「これで我慢を？」

彩菜は俺にとってなによりも大切で愛おしい存在だ。できることなら誰にも見せずに、大切に閉じ込めて自分だけのものにしてしまいたい。

俺が涼しい顔の裏側でそんなことを願っていると知ったら、きっと彩菜は驚くだろう。

彼女を怖がらせないように、嫌われないように、ずっと感情をコントロールし続けてきたのに、最近は彩菜への愛情が強くなりすぎて抑えきれないときがある。

そんなことを考えていると、彩菜が「でも、その気持ち少しわかります」と小さな声でつぶやいた。

「私もすれ違う女性たちが浴衣姿の翔真さんを振り返るたび、私の旦那様をそんなふうに見ないでって思っていたので……」

恥ずかしそうにうつむく彩菜の顔をのぞき込む。

「彩菜も嫉妬してたんだ？」

たずねると、彩菜の頬が赤く染まった。

俺も相当彼女を溺愛しているけど、たぶん同じくらい彩菜も俺を想ってくれている。

そのことによろこびと幸せを感じながら、彩菜のことを抱きしめた。

彼女を見つめながら唇をふさぐ。触れるだけのキスを繰り返すうちに、彩菜の表情がとろけていった。

　快楽を感じるとすぐに涙目になる彼女がかわいくて仕方ない。

「一緒にシャワーを浴びようか」

　耳元でそう提案すると、彩菜が「ええと」と目を泳がせた。

「恥ずかしい？」

「そ、それもあるんですけど……っ」

「けど？」

「翔真さんの浴衣姿がかっこよすぎるので、その、もったいないなって」

　彩菜は視線を落としながら恥ずかしそうにつぶやく。うつむいたうなじが真っ赤になっていた。

　彼女から言われた『もったいない』という言葉を頭の中で反芻《はんすう》し、その意味を理解する。

「あぁ」とうなずき、うつむく彩菜のあごをすくい上げた。

「浴衣姿の俺に抱かれたいんだ？」

　微笑みながらそう問うと、すでに赤い頬がさらに赤く染まる。

「あ、あきれました……？」

彩菜は動揺で目を潤ませながらこちらを見る。

「あきれるわけないだろ。むしろ理性が揺らぐぐらい煽られた」

そう言って彼女を抱き上げ寝室に移動する。ベッドに膝をつき見下ろすと、彩菜は消え入りそうな声で「無理ぃ……っ」とつぶやき両手で口元を覆った。

「どうした？」

「浴衣姿で私を組み敷く翔真さんがかっこよすぎて、直視できません！」

涙目でそう言う彼女に、思わず「ははっ」と声がもれた。

「だめだよ。煽ったのは彩菜なんだから、ちゃんと責任をとってくれないと」

そう言って彩菜の手首を掴み、ベッドの上で優しく拘束する。

「ま、待ってください。翔真さんが色っぽすぎて、心臓が止まりそうです……っ！」

顔を真っ赤にして動揺する彩菜がかわいくて、笑みがこぼれた。

幸せな夜の話

クリスマスが近くなった十二月のある日。

「ほら。やる」

クリスマス休暇でひさしぶりにアメリカから帰国し我が家に遊びに来た悠希から、素っ気ない言葉と共に箱を渡された。

「わ、ありがとう」

驚きながら受け取りお礼を言う。

「中を見てもいい？」

悠希がうなずくのを確認して箱を開ける。中には優しい色合いのベビー服が入っていた。デザインがおしゃれで、肌触りもとてもいい。

「かわいい……！」

「性別を聞いてなかったから、男でも女でもいけそうな服を選んだ」

「ありがとう。着せるのが楽しみ」

私のおなかには赤ちゃんがいる。今は妊娠中期の十八週。出産は来年の五月ごろの予定だ。

　秋が始まるころ妊娠が発覚し、翔真さんはとてもよろこんでくれた。もちろん両親たちも大はしゃぎで、みんなこの子の誕生を心待ちにしてくれている。

「まだどっちかわかってないんだっけ？」

「この前の健診でわかったよ」

「へぇ、どっちだった？」

「女の子だって」

「まじか。大変だな」

　悠希が顔をしかめると、「なにが大変だって？」と声がした。キッチンで飲み物を用意してくれていた翔真さんが、トレイを持ってリビングに戻って来ていた。

「あ、翔真さん」

「彩菜はルイボスティーでいい？」

「はい。ありがとうございます」

　お礼を言ってカップを受け取る。

　妊娠中の私には、妊婦も安心して飲めるルイボスティー。翔真さんと悠希の分はコーヒー。当然のように二種類の飲み物を用意してくれる彼の優しさに頬が緩む。

「ブランケットを持って来ようか」

「大丈夫ですよ。部屋の中は暖かいので」

「そう」

優しく見つめられ照れていると、悠希がうんざりしたようにため息をついた。

「相変わらず兄貴は過保護だな」

「彩菜は妊娠しているし、妻を大切にするのは当然だろ」

翔真さんは照れもせずそう言い私の隣に座る。

「彩菜に対してもこんなに過保護なのに、娘が産まれたらとんでもないことになりそう」

あきれ顔の悠希に「とんでもないこと？」と首をかしげた。

「かわいい娘に近づく男は全員排除しそうだし、彼氏なんて連れて来たら敷居を跨《また》がせないどころか社会的に抹殺しそう」

悠希の言葉を聞いた翔真さんは小さく笑う。

「まさか。娘が真剣に選んだ相手なら、ちゃんと受け入れるよ」

「どうだか」

翔真さんはにこやかに笑ってから「ただ」と続ける。

「その男のせいで泣かされたり傷つけられたりするようなことがあったら、それ相応の責任はとらせるけどね」

穏やかな口調なのに、込められた迫力がすごい。私が驚いていると、悠希も「まぁな」と当然のように同意する。

「俺もかわいい姪っ子をたぶらかすような男がいたら、二、三発は殴るかもしれない」

そんな翔真さんと悠希のやりとりを見て、自分のおなかをなでながら苦笑いをした。

長身で外見が整っていて社会的地位もあるハイスペックすぎる父親と叔父《おじ》に、生まれる前からこんなに溺愛される我が子は、なかなか大変かもしれない。

三人で話しているうちに、まぶたが重くなってきた。うつらうつらと頭を揺らしていると、翔真さんが気付いて声をかけてくれた。

「彩菜。寝室に行く?」

問いかけに首を横に振る。

「ううん。ここにいたいです。寝室だと熟睡しちゃうから」

この時間に寝たら、夜眠れなくなってしまう。

半分寝ぼけながらそう言うと、翔真さんが「おいで」と私の頭を引き寄せ自分の胸に寄りかからせてくれた。

翔真さんに身を預け、目を閉じる。とんとんと優しく頭をなでられ、夢とうつつを漂うように体がふわりと軽くなる。

「ブランケットかなんか持って来る？」

悠希が小声でたずねた。その気遣いに翔真さんが「頼む」とうなずく。夢見心地でまどろんでいると、温かいブランケットで体が包まれるのがわかった。

「子どもみたいな顔して寝てんな」

「妊娠中だから、普段より眠気が強くてうたた寝することが多いんだ」

目を閉じふたりの会話をぼんやりと聞きながら、懐かしい気持ちになる。

子どものころ、クリスマスは吉永家でパーティーをするのが恒例だった。リビングに置かれた大きなクリスマスツリーの前で、私たち三人はサンタさんがやってくるのを毎年夜遅くまで待っていた。

今年こそは起きていて、サンタさんの正体を暴きたい。そう意気込んで挑むけれど、最初に寝てしまうのはいつも私だった。

眠気に負けてソファの上で丸くなると、翔真さんと悠希が『やっぱり彩菜はすぐ寝ちゃうな』とくすくす笑うのが聞こえた。

起きていたかったけど、ふたりの声を聞きながらうとうとするクリスマスの夜は特別で幸せだった。

そんな子どものころの思い出がよみがえり、温かい気持ちで眠りに落ちた。

どれくらい眠っていたんだろう。ぼんやりと意識が戻る。周囲の音は聞こえるけれど、まぶたが重くてあげられない。

半分眠りに落ちた状態が心地よくて目を閉じたままどろんでいると、長い指が私の頭をなでてくれているのがわかった。

私はソファに座る翔真さんの膝枕で眠っているようだ。翔真さんが優しく私の髪に触れる。その感触が気持ちよくて、また穏やかな眠気が訪れる。

横になったまままうとうとしていると、翔真さんが悠希に「ひとつ聞いていいか」とたずねた。

「改まってなんだよ」

「悠希は彩菜のこと、正直どう思ってる?」

その言葉に一気に眠気が覚めた。翔真さんは私が眠っていると思って、悠希にそんな質問をしたんだろう。

「どうって?」

「学生時代からあれだけ遊んでいたお前が、彩菜にだけは絶対に手を出さなかった。それは、彩菜が特別な存在だったからだろ」

翔真さんの言葉に、悠希は「そうだな……」とつぶやき少し黙り込む。そして、挑発するような口調で言った。

「彩菜のことが好きだって言ったら、兄貴は身を引いてくれる?」

その言葉に空気がぴんと張り詰めたのがわかった。私は思わず息をのむ。

少しの沈黙のあと、翔真さんが静かに口を開いた。

「引くわけがないだろ。なにがあっても彩菜は渡さない」

その強い言葉に、愛されているのを実感して胸がきゅんと苦しくなる。

「ははっ。そう言うと思った」

張り詰めた空気を壊すように、悠希が声をあげて笑った。

ひとしきり笑い息を吐いてから、彼はゆっくりと話し出す。

「たしかに彩菜は俺にとっても特別な存在だった」

その言葉を聞いて、翔真さんが少し緊張するのが伝わってきた。彼は黙って悠希の言葉の続きを待つ。

「でもそれは女としてじゃなく、兄貴が彩菜を大切に想っていたからだよ」

「どういう意味だ？」

「兄貴は小さなころからおりこうな優等生で、なににも執着を持っていなかっただろ。子どもだった俺は、家族なのに距離を置かれているのを感じて寂しかった。いつか兄貴は俺たちから離れていくんじゃないかって不安に思ってた。だけど、そんな兄貴が唯一大切にしていたのが彩菜だった」

悠希の言葉を聞いているうちに、まぶたが熱くなった。思わずぎゅっとブランケットを握る。

「彩菜がいてくれれば、兄貴はどこへも行かないだろうって安心できた。彩菜の存在が、俺と兄貴を繋いでくれていると思ってた。だから、兄貴が大切に想っている彩菜は、俺にとっても特別だった。それだけ」

素っ気ない口調だけど、悠希の翔真さんへの気持ちが伝わってきた。

翔真さんが「そうだったのか」とつぶやく。

「俺は誰にも迷惑をかけずに生きていこうと思っていたのに、ずっと悠希に心配をかけていたんだな。悪かった」

「いいよ。大人になっておやじたちから事情を聞いて、どうして兄貴があんな態度を取っていたのか納得できたし」

ふたりの兄弟の絆を感じ、涙が込み上げてきた。小さく鼻をすすると、悠希が「おい」と声を低くした。

「彩菜。起きてんだろ」

名前を呼ばれ、びくんと震える。おそるおそる目を開けると、悠希がこちらを睨んでいた。

「寝たふりして盗み聞きしてんじゃねぇよ」

「ぬ、盗み聞きしてたわけじゃないよ」

言い訳をしながら体を起こし振り返る。翔真さんが優しい表情で私を見ていた。

「起きてたんだ？」

「すみません。目を開けるタイミングを逃してしまって」

「いいよ」

翔真さんは微笑み、私の髪をなでてくれる。

「私、どれくらい寝てました？」

「二十分くらいかな。幸せそうな顔をしてたよ。楽しい夢でも見てた？」

そう言われ、照れながら「懐かしい夢を見ていたんです」と話す。

「その夢には俺も出てきた？」

「もちろん」

「よかった。ほかの男の夢だって言われたら、嫉妬してた」

翔真さんはそう言って、私のこめかみにキスをしてくれた。そんな私たちを見て、悠希がため息をつく。

「お前も大変だよな。こんな執着が強くて無駄にハイスペックな兄貴に溺愛されて牽制されまくってたら、ほかの男なんかつけ入る隙がない」

「牽制？」

私が首をかしげると、悠希はおもしろがるように笑った。

「そうだ、前に言ってた兄貴の秘密を教えてやるよ」

悠希にそう言われ、「なに？」と身を乗り出す。

「兄貴は彩菜が学生のころから、誕生日とか成人の祝いとか理由をつけてあれこれプレゼントしてたけど、あれ全部マーキングだからな」

「マーキング？」

「悠希。余計なことは言わなくていい」

翔真さんが顔をしかめたけれど、悠希はお構いなしで話し続ける。

「兄貴はこんな涼しい顔しながら実は独占欲むき出しで、彩菜は俺のものだって誇示するためにアクセサリーとかバッグとか贈ってたんだよ」

「まさか」と驚いて翔真さんの顔を見る。彼は黙ったままなにも言わなかった。

「入社したときも、就職祝いにって兄貴からネックレスをもらっただろ」

悠希の言葉に「うん」とうなずく。

「すごく素敵でお気に入りだから、今でも大切に使ってるよ」

ちょうど、今日もそのネックレスを着けていた。

今から五年前。

入社式の前日。明日から始まる新生活に不安と緊張を感じていた私に、翔真さんがプレゼントしてくれたのは、上品な一粒ダイヤのネックレスだった。

小さいけれど不純物のいっさいない透明なダイヤは、ひと目で高級品だとわかった。

当時、大学を卒業したばかりの私には、贅沢すぎるものだった。

『こんな高いものをいただいたら、なにをお返しすればいいのかわかりませんし、万が一なくしたらと思うと怖くて着けられないです……！』

私が困っていると、翔真さんは『そんなこと気にせず、普段から着けて』と言ってくれた。

『彩菜が仕事を頑張れるようにと思って買ったから、お守りがわりにしてくれればいい』

〝お守り〟という言葉に、彼の気遣いを感じうなずく。

『わかりました。じゃあ、仕事中大切に着けさせてもらいますね』

そう言うと、翔真さんは『もし会社で誰かにこのネックレスのことを聞かれたら、俺からもらったって言って』と微笑んだ。

私は翔真さんの優しさに感動しながら、彼に言われた通りネックレスを褒められると『翔真さんからいただいたんです』と話していた。

それがきっかけで、御曹司の翔真さんと私は幼なじみだという話が会社中に広がった。

「もしかしてあれって……？」

自分の胸元で光るネックレスを見下ろしながらつぶやくと、悠希が苦笑した。

「鈍いな。今ごろ気付いたか。どう考えても、『彩菜は俺のものだから手を出すなよ』って牽制だろ」

翔真さんの真意を知り、一気に頬が熱くなる。

「兄貴の秘密を知ってドン引きしただろ。ほんと腹黒いよな」

意地悪に笑う悠希に「引くわけないよ」と首を横に振る。

「そんなに翔真さんに想っていてもらえたなんて、うれしくて泣きそう……っ」

感激して言葉を震わせると、翔真さんが私を胸に抱き寄せた。私の顔を隠すように大きな手で目元を覆う。

「翔真さん？」

驚いていると、翔真さんがため息をついた。

「そんなかわいい顔を、俺以外の男に見せちゃだめだよ」

優しく叱られ、胸がきゅんと音をたてる。

そんな私たちを見て、「だから、そうやっていちゃついて見せつけんなよ」と悠希が悪態をついた。


「じゃ、おじゃましました」

玄関で靴を履いた悠希を、翔真さんとふたりで見送る。

「元気な子どもを産めよ。楽しみにしてるから」

そう言って悠希は帰って行った。

ドアが閉まると、翔真さんは「体調は大丈夫？　疲れてない？」と私にたずねる。

本当に過保護なんだからと苦笑しながら、「大丈夫ですよ」とうなずく。

リビングに入ると、大きな窓の外を白いかけらがひらりと横切った。

「あ、雪……！」

そうつぶやいて窓に近づく。

ひんやりと冷たい窓ガラスに手をつき、空を見上げた。灰色の厚い雲から、ひらひらと花弁のような雪のかけらが落ちてくる。

「天気予報では雨だったのに、気温が下がって雪になったんだな」

背後で翔真さんがそうつぶやく。

「綺麗……。クリスマスって感じがしますね」

小さな雪の粒は地上に触れるとすぐに溶け、積もることはないだろう。一瞬しか見られない儚い美しさに目を奪われる。

「そうだ、彩菜。クリスマスプレゼントはなにがいい？」

そうたずねられ、少し考えてから「クリスマスツリーがほしいです」と答えた。

「ツリー？」

「子どものころ、吉永家のリビングに毎年大きなクリスマスツリーを飾ったじゃないですか。みんなでクリスマスパーティーをするのが大好きだったんです」

私がそう言うと、翔真さんは「懐かしいな」と目を細めた。

「今年はふたりでのクリスマスだけど、来年はきっと賑やかになるんだろうな」

そのころには夫婦ふたりではなく、この子も産まれている。

「楽しみですね」

そう言うと、翔真さんはうしろから手を伸ばし私を抱きしめた。膨らみが目立ち始めたおなかを、愛おしそうになでてくれる。

「この子の初めてのクリスマスは、たくさんのサンタたちが張り切ってプレゼントを持って来てくれそうだよな」

翔真さんの言葉にくすくす笑いながらうなずく。

子どものころのように、みんなで集まって大きなクリスマスツリーの前でパーティーをひらけたらきっととても楽しいだろう。

その様子を想像して、胸が温かくなった。幸せすぎて、鼻の奥がつんと痛くなる。

腕の中から翔真さんを見上げると、私を見つめ微笑んでくれる。

「翔真さん、大好きです」

涙声でそう言うと、優しいキスが落ちてきた。

私たちは微笑み合いながら何度もキスを繰り返す。この幸せな時間がずっと続きますようにと祈りながら、こっそりと涙をぬぐった。

END

あとがき

翔真さんから「今日は早く終われそうだから一緒に帰ろう」と連絡をもらい、仕事を終えた私は副社長室へ向かった。ノックをして中に入ると、翔真さんは席を外しており、設楽さんがキャビネットの中の書類の整理をしていた。

「設楽さん、お手伝いしますよ」そう申し出た私に、「とんでもない。彩菜さんは妊娠中なんですから、座っていてください」と設楽さんは首を横に振る。

「お医者様から適度に体を動かしたほうがいいと言われているので、大丈夫ですよ」

「彩菜さんに手伝わせたら、副社長に怒られてしまいます。副社長は彩菜さんに対してだけは露骨に態度が変わりますから。過保護なくらいあれこれ心配したり、独占欲むき出しで周りの男性たちを牽制したり」

「おおげさすぎです」とくすくす笑うと、設楽さんは「おおげさなんかじゃありませんよ」とキャビネットの中に視線を向けた。

なんだろうと思い彼の視線の先を見ると、女性向けの雑誌があった。しかも同じ本が何冊も。表紙を見て、以前私が取材を受けた雑誌だと気付く。

私が驚いていると、扉が開く音がして翔真さんが入って来た。彼はキャビネットの前にいる私を見て動きを止める。「翔真さん、どうしてこの雑誌がこんなにたくさんあるんですか？」とたずねると、翔真さんは「それは……」とバツ悪そうに視線をそらした。そんな翔真さんの代わりに、設楽さんが説明してくれた。
「副社長は書店やコンビニに行くたびに、店頭にあるものをすべて買い占めていたんですよ。彩菜さんの写真が掲載された雑誌を人の手に渡したくないって」
その言葉に驚いて翔真さんを見上げる。口元に手を当てた彼の顔は赤くなっていた。私の写真が載っているというだけで、雑誌を買い占めてしまうなんて。翔真さんにここまで溺愛されていると知り、うれしさと恥ずかしさで私の頬も熱くなった。

両片想いのこじらせ夫婦。楽しんでいただけたでしょうか。美しい表紙を描いてくださったＮＯＵＬ先生をはじめ、この本が出るまでにご助力いただいた皆様。心から感謝しています。そして、たくさんの本の中から本作を手に取ってくださりありがとうございました。またいつか違うお話でお会いできるように、これからも頑張ります。

きたみ まゆ

きたみ まゆ先生への
ファンレターのあて先

〒104-0031
東京都中央区京橋1-3-1
八重洲口大栄ビル7F
スターツ出版株式会社　書籍編集部　気付

きたみ　まゆ先生

本書へのご意見をお聞かせください

お買い上げいただき、ありがとうございます。
今後の編集の参考にさせていただきますので、
アンケートにお答えいただければ幸いです。

下記URLまたはQRコードから
アンケートページへお入りください。
https://www.berrys-cafe.jp/static/etc/bb

ベリーズ文庫

両片想い政略結婚
～執着愛を秘めた御曹司は初恋令嬢を手放さない～

2024年2月10日　初版第1刷発行

著　者　きたみ まゆ
©Mayu Kitami 2024

発行人　菊地修一

デザイン　hive & co.,ltd.

校　正　株式会社鷗来堂

発行所　スターツ出版株式会社
〒104-0031
東京都中央区京橋1-3-1　八重洲口大栄ビル7F
TEL　03-6202-0386（出版マーケティンググループ）
TEL　050-5538-5679（書店様向けご注文専用ダイヤル）
URL　https://starts-pub.jp/

印刷所　大日本印刷株式会社

Printed in Japan

乱丁・落丁などの不良品はお取替えいたします。
上記出版マーケティンググループまでお問い合わせください。
定価はカバーに記載されています。

ISBN 978-4-8137-1541-2　C0193

ベリーズ文庫 2024年2月発売

『内緒でママになったのに、一途な脳外科医に愛し包まれました』 若菜《わかな》モモ・著

幼い頃に両親を亡くした芹那は、以前お世話になった海外で活躍する脳外科医・蒼とアメリカで運命の再会。急速に惹かれあうふたりは一夜を共にし、蒼の帰国後に結婚しようと誓う。芹那の帰国直後、妊娠が発覚するが…。あることをきっかけに身を隠した芹那を探し出した蒼の溺愛は蕩けるほど甘くて…。

ISBN 978-4-8137-1539-9／定価759円（本体690円＋税10%）

『スパダリ職業男子～消防士・ドクター編～【ベリーズ文庫溺愛アンソロジー】』 伊月《いづき》ジュイ、田沢《たざわ》みん・著

2ヶ月連続！　人気作家がお届けする、ハイスペ職業男子に愛し守られる溺甘アンソロジー！　第2弾は「伊月ジュイ×エリート消防士の極上愛」、「田沢みん×冷徹外科医との契約結婚」の2作品を収録。個性豊かな職業男子たちが繰り広げる、溺愛たっぷりの甘々ストーリーは必見！

ISBN 978-4-8137-1540-5／定価770円（本体700円＋税10%）

『両片想い政略結婚～執着愛を秘めた御曹司は初恋令嬢を手放さない～』 きたみ まゆ・著

名家の令嬢である彩菜は、密かに片想いしていた大企業の御曹司・翔真と半年前に政略結婚した。しかし彼が抱いてくれるのは月に一度、子作りのためだけ。愛されない関係がつらくなり離婚を切り出すと…。「君以外、好きになるわけないだろ」――最高潮に昂ぶった彼の独占欲で、とろとろになるまで愛されて…!?

ISBN 978-4-8137-1541-2／定価748円（本体680円＋税10%）

『冷血警視正は孤独な令嬢を溺愛で娶り満たす』 一ノ瀬千景《いちのせちかげ》・著

大物政治家の隠し子・蛍はある組織に命を狙われていた。蛍の身の安全をより強固なものにするため、警視正の左京と偽装結婚することに！　孤独な過去から愛を信じないふたりだったが――「全部俺のものにしたい」愛のない関係のはずが左京の蕩けるほど甘い溺愛に蛍の冷えきった心もやがて溶かされて…。

ISBN 978-4-8137-1542-9／定価759円（本体690円＋税10%）

『孤高のエリート社長は契約花嫁への愛が溢れて止まらない』 橘樹 杏《たちばなあんず》・著

リストラにあったひかりが仕事を求めて面接に行くと、そこには敏腕社長・壱弥の姿が。とある理由から契約結婚を提案してきた彼は冷徹で強引！　断るつもりが家族を養うことのできる条件を出され結婚を決意したひかり。愛なき夫婦のはずなのに、次第に独占欲を露わにする彼に容赦なく溺愛を刻まれていき…!?

ISBN 978-4-8137-1543-6／定価737円（本体670円＋税10%）